KB075380

Александр Блок и другие

Жизнь—без начала и конца

·

삶은 시작도 끝도 없다

러시아 현대대표시선

창비세계문학

35

삶은 시작도 끝도 없다

러시아 현대대표시선

알렉산드르 블로끄 외
이명현 엮고 옮김

창비

차례

•

일러두기
1. 본문 중의 각주는 옮긴이의 것이다.
2. 외국어는 가급적 현지 발음에 준하여 표기하되, 일부 우리말로 굳어진 것은 관용을
   따랐다.

지나이다 니꼴라예브나 기삐우스
(Zinaida Nikolaevna Gippius, 1869~1945) ─────────

지나이다 니꼴라예브나 기삐우스는 1869년 11월 8일 뚤라 현의 소도시에서 태어나 알따와 그루지야의 수도 띠플리스(현 뜨빌리시) 등 지방 도시에서 성장하였다. 가정에서 배운 것 외에는 체계적인 교육을 받아본 적이 없는 그녀는 어릴 적부터 독서와 습작을 통해서 시인의 소양을 스스로 길러갔다. 1889년에 그녀는 저명한 시인이자 문학비평가, 사상가인 드미뜨리 메레시꼽스끼(Dmitrii Merezhkovskii)와 결혼하여 부부이자 창작과 사상의 동지로서 일평생을 함께하였다.

결혼 후 뻬쩨르부르그에 정착한 기삐우스는 당대의 저명한 문인, 예술가, 철학자들과 교분을 쌓고, 시와 산문의 창작에 매진하였다. 그녀의 시는 당시 상징주의 계열의 시인들로부터 커다란 반향을 불러일으켰다. 망명 이전까지 『시선집 1889~1903』(*Sobranie stikhov 1889~1903*) 및 『시선집 제2권 1903~1909』(*Sobranie stikhov II 1903~1909*)를 각각 1904년과 1910년에 상재하였다.

기삐우스는 시작(詩作) 외에도 여러 방면에서 정력적으로 활동하였다. 잡지 『예술세계』(*Mir iskusstva*)에 문예평론을 정기적으로 게재하고, 1900~10년대에는 남편 메레시꼽스끼와 함께 교회의 개혁과 신(新)그리스도교 운동을 주도하기도 했다. 또한 잡지 『새로운 길』(*Novyi put'*)의 공동편집인으로도 활동하였다.

볼셰비끼 혁명 이후 조국의 정세와 문화적 현실에 절망한 기삐우스는 1919년 12월 남편과 함께 망명길에 오른다. 빠리에 정착한 기삐우스는 남편 메레시꼽스끼와 함께 저술 및 출판 활동을 통해서 유럽의 망명문학계를 주도하고, 러시아 문인들의 회합 '초록 등불'(Zelenaya lampa)을 조직하기도 한다. 1922년 베를린에서 기삐우스의 일기가 출간되는데, 그것은 혁명기(1911~21) 러시아 문화 및 예술계의 내밀한 정황을 알려주는 귀중한 자료로 간주된다. 1941년

메레시꼽스끼와 사별한 그녀는 남편에 대한 회고록을 쓰며 말년을 보내다가 1945년 9월 9일에 세상을 떠난다.

기뻬우스는 시뿐만 아니라 독특한 개성으로도 당대를 풍미했다. 고혹적인 여성미와 남성적인 카리스마, 종교적 신심과 불경한 충동, 예리한 비평적 감각과 편파적이고 독단적인 태도 등 그녀의 모순적인 풍모는 '퇴폐적인 마돈나' '불손한 사탄' '마녀' 등등의 여러 별칭과 온갖 소문을 주변에 늘 몰고 다녔다. 남장을 하고 거리를 활보하거나 신성모독적인 시를 대중 앞에서 낭송하는 등 연극적이고 위악적인 퍼포먼스를 곧잘 연출했던 그녀는 세기말 러시아의 데까당적 흐름을 대표하는 인물이다.

노래

내 창은 지상의 드높은 탑,
　　지상의 드높은 탑.
보이는 것은 오직 저녁노을 물든 하늘,
　　저녁노을 물든 하늘.

하늘은 어쩐지 공허하고 창백하네,
　　너무도 공허하고 창백하네⋯⋯
하늘은 동정하지 않네, 가난한 마음을,
　　가난한 마음을.

아아, 미칠 듯한 슬픔에 잠겨 나는 죽어가네,
　　나는 죽어가네.
나는 갈망하네, 미지의 것을,
　　미지의 것을⋯⋯

나는 모르네, 이 열망이 어디서 왔는지,
　　어디서 왔는지.
그러나 마음은 기적을 원하네,
　　기적을!

오, 실현되기를, 있을 수 없는 일이,
　　결코 있을 수 없는 일이.

창백한 하늘이 나에게 기적을 약속하네,
　　하늘이 약속하네.

나는 눈물 없이 울고 있네, 믿지 못할 약속 때문에,
　　믿지 못할 약속 때문에……
내겐 절실하네, 이 세상에 없는 것이,
　　이 세상에 없는 것이.

1893년

책 표지에 남긴 글

추상적인 게 나는 좋네.
그것으로 나는 삶을 창조하나니……
모든 외딴 것,
어렴풋한 게 나는 좋네.

나는 나의 비밀스럽고
비범한 꿈들의 노예……
그러나 유일한 이야기들을 담아낼
지상의 말들을 나는 모르네……

1896년

헌사

하늘은 음울하고 나지막한데,
　　　　　　나는 아네―내 영혼 드높다는 것.
당신과 나 이상스레 친근하지만,
　　　　　　우리 각자는 고독하네.

나의 길은 가혹하여,
　　　　　　나를 죽음으로 인도하네.
그러나 나는 나 자신을 신神처럼 사랑하니,
　　　　　　사랑이 내 영혼을 구원하리.

만약 내가 도중에 지쳐
　　　　　　무기력하게 한탄하거나,
스스로를 다시 딛고 일어나
　　　　　　감히 행복을 갈구한다면,

막막한 고난의 세월 속에
　　　　　　나를 영원히 내버리지 말아주오.
간청하나니, 연약한 형제를
　　　　　　위로하고, 동정하고, 품어주오.

둘도 없이 가까운 당신과 나,
　　　　　　우리 둘 다 동방으로 향하네.

하늘은 사악하고 나지막한데,
　　나는 믿네──우리 영혼 드높다는 것.

1894년

사랑은 하나

한차례 거품으로 끓어오른 뒤
                산산이 흩어지는 파도.
심장은 배신으로 살아갈 수 없으니,
                배신은 없다. 사랑은 하나.

우리는 화내거나 꾸며대거나
                혹은 거짓을 말하지만—심장은 평온하다.
우리는 결코 배반하지 않는다.
                우리 영혼은 하나—사랑도 하나.

단조롭고도 황폐하게
                단조로움으로 단련된
삶이 흘러가고…… 이 기나긴 삶 속에서
                사랑은 하나, 언제나 하나.

변치 않음에 영원이
                한결같음에는—심오함이.
길이 멀수록 영원은 더 가까워지고
                점점 더 명백하게—사랑은 하나.

우리가 피로써 사랑의 댓가를 치른다 해도.
                신실한 영혼은—신실한 법.

하나의 사랑으로 우리는 사랑하니……
죽음이 하나이듯 사랑도 하나.

1896년

밑바닥까지

너를 환영한다, 나의 패배여,
너와 승리를 나는 똑같이 사랑한다.
내 오만의 밑바닥에는 겸손이 깃들어 있고,
기쁨과 고통은 언제나 하나이므로.

고요 속에 잦아든 물결 위로
저녁 빛이 환한데, 도처에 안개가 서성인다.
그렇게 최후의 잔인함 속에는 무한한 다정함이,
신의 진실 속에는 기만이 숨어 있는 법.

나는 나의 한없는 절망을 사랑한다.
기쁨은 최후의 한방울 속에 주어지므로.
지금 내가 아는 확실한 한가지는
모든 잔은 밑바닥까지 비워야 한다는 것.

1901년

해설

러시아 문학사에서 기뻐우스는 '새로운 시' 혹은 현대시의 첫 페이지를 연 시인으로 평가된다. 그녀는 격정적인 세기말의 정서를 이전의 19세기 시와는 전혀 다른 스타일로 구현하였다. 공리주의적이고 보편주의적인 기존의 시풍을 비웃기라도 하듯, 지극히 내밀하고 주관적인 자신만의 세계에 침잠하고 몰입하는 그녀의 시는 모더니즘이라는 신(新)조류가 무엇인지를 당대인들에게 선구적으로 제시해주었다.

그녀의 모더니스트적인 면모가 뚜렷하게 드러나는 대목은 무엇보다도 그녀의 시가 표방하는 개인주의이다. 연대와 공감과 인도주의의 문학에 길들여져 있던 당대 독자들은 그녀의 시를 읽으면서 모종의 곤혹감과 해방감을 동시에 맛보게 된다. "나는 나 자신을 신처럼 사랑한다"(「헌사」)라는 유명한 구절은 마치 개인주의 미학의 슬로건처럼 들린다. 보편적인 연대와 공감이 아니라 자아의 고립과 자의식에의 침잠을 미화함으로써 개성의 절대성과 유일성을 옹호하는 것──현대시에 주어진 이 첫번째 과제는 기뻐우스의 첫번째 과제이기도 했다. 가령 「책 표지에 남긴 글」을 보면, 그녀의 서정적 주인공은 그 어떤 공적 이데올로기가 아니라 "나의 비밀스럽고 비범한 꿈들"의 노예이며, 보편적인 이야기가 아니라 "유일한 이야기들"을 구현하고자 한다. 그러한 서정적 주인공에게 친근하고 사랑스럽게 다가오는 것은 "모든 외딴 것"이다.

데까당스, 즉 '시적 퇴폐'를 선도한 것 역시 기뻐우스의 주된 공적이다. 데까당적 성향은 그녀의 시보다도 개성과 언행에서 훨씬 더 강렬하게 표출된다. 그럼에도 불구하고 시와 개성에서 두루 관찰되는 요소를 꼽자면, 그것은 대립적인 양극단의 공존이다. 「밑바닥까지」를 보면, 오만과 겸손, 기쁨과 고통, 다정함과 잔혹함, 진실과 기만을 한꺼번에 수용하고 긍정하는 것, 그리고 그러한 양극단을 그것들이 서로 상통할 때까지 맹목적으로 추구하는 것이 기뻐우스의 시와 개성에서 공히 나타나는 데까당적 성향이다. 그것은 일종의 퇴폐적 극단주의-최대주의로 간주될 수 있을 것이다. 「노래」「헌사」「사랑은 하나」를 읽을 때 느껴지는 대립적인 양가감정 역시 그러한 특징과 무관하지 않다. 이 시들 속에는 지고한 것에 대한 갈망과 그것의 좌절에 대한 절망적 예감, 영원한 사랑에 대한 믿음과 필연적인 고독과 죽음에 대한 공포가 나란히 공존하고 있다. 기쁘우스 시의 또다른 특징은 특유의 종교적인 시심(詩心)에서 찾을 수 있다. 그녀 자신의 표현에 따르면, '시는 곧 기도(祈禱)'이다. 이 정의는 다른 누구보다 그녀 자신의 경우에 해당된다. 가령 「노래」는 기쁘우스가 즐겨 사용한 메아리 운의 반복을 통하여 음악적인 주술에 가까운 시 텍스트를 선보인다. 그렇다면 주술이자 기도인 그녀의 시가 궁극적으로 희구하는 것은 무엇인가. 그것은 "미지의 것" "이 세상에 없는 것"(「노래」)이며, "어렴풋한 것" "비밀스러운 것"(「책 표지에 남긴 글」)이다. 요컨대 그녀는 이성으로는 닿을 수 없는 종교적인 신비의 영역을 음악적인 시를 통해 열어 보이고자 한다. 바로 그러한 점에서 기쁘우스의 시는, 초월적인 이데아의 세계를 암시하는 음악 같은 시를 추구한 러시아 상징주의의 전범이 된다.

꼰스딴찐 드미뜨리예비치 발몬뜨
(Konstantin Dmitrievich Bal'mont, 1867~1942) ————————

꼰스딴찐 드미뜨리예비치 발몬뜨는 1867년 6월 3일 블라지미르 현의 작은 마을에서 태어났다. 그는 민중의 옹호자가 되기 위해 모스끄바 대학 법학부에 입학했다가 작가의 길로 선회하여 중도에 학업을 포기하였다. 그후 순전히 독학으로 문학 및 어학을 공부하여 수개 국어를 습득하고 유럽 각국의 시를 섭렵하였다. 1890년대부터 스칸디나비아, 유럽, 남아프리카, 오세아니아 등 세계 각지를 여행하고, 여러 민족들의 문화를 몸소 체험하면서 세계의 문화에 대한 방대한 지식과 독창적인 시각을 구축해나갔다.

1890년대에 세권의 시집 『북방의 하늘 아래』(*Pod Severnym nebom*, 1894), 『무한 속에서』(*V bezbrezhnosti*, 1895), 『정적』(*Tishina*, 1898)을 상재하여 러시아 신문학의 창시자로서 명성을 얻었다. 시인 발레리 브류소프(Valerii Bryusov)와 교분을 맺고, 메레시꼽스끼(D. Merezhkovskii), 민스끼(N. Minskii), 기삐우스(Z. Gippius), 쏠로구쁘(F. Sologub) 등 뻬쩨르부르그의 상징주의자들과 교유했다. 1900년에 그는 모스끄바에서 상징주의 써클의 결성을 주도하였고, 이후 러시아 상징주의의 구심점이 되는 스꼬르삐온(Skorpion) 출판사를 근거지로 삼아 상징주의 문학의 지도자로서 시창작과 번역, 비평, 강연 활동을 활발하게 전개해나갔다.

1900년을 기점으로 발몬뜨는 창작생애의 절정기를 맞이하게 된다. 초기 시에서 지배적이었던 어둡고 비관적인 정조가 말끔히 사라지고 삶에 대한 환희와 긍정적인 전망이 전면에 부상한다. 이 시기를 대표하는 시집 『우리 태양처럼 되자』(*Budem kak solntse*, 1903), 『오직 사랑. 일곱 빛깔의 존재』(*Tol'ko lyubov'. Semitsvetnik*, 1903)를 통해서 그는 상징주의의 거장으로서 입지를 굳힌다. 원초적인 자연의 선명한 이미지들이 약동하고, 시어의 음성적 층위가 세밀하게 정련된 그의 시들은 '발몬뜨적 스타일'이라는 용어가 생겨날 정도로 강렬한 인상을 불러일으키게 된다.

1905년 혁명을 적극 지지했던 그는 제정 러시아 당국의 압력을 받고 망명을 결행한다. 1913년 정치적 망명자들에 대한 특별사면이 선포되자 그는 다시 조국으로 돌아와 동료들과 추종자들로부터 열렬한 환영을 받는다. 그러나 당시 이미 그의 창작력은 고갈된 상태였다. 1905년 혁명 이후 그는 주로 슬라브 민속을 모티프로 삼은 시들을 세계 각국에서 꾸준히 발표하지만, 그의 시에 대한 독자들의 관심은 현저하게 줄어들게 된다. 1917년 10월혁명 이후 볼셰비즘과 혁명에 대해 근본적인 회의를 품게 된 그는 1920년 6월 영원히 러시아를 떠난다. 이후 망명지 빠리에서 잡지 편집과 번역일을 지속하였으나, 점차 시를 발표할 지면을 얻기가 어려워진 그는 말년에 비참한 생활고를 겪는다. 조국에 대한 향수에 시달리던 그는 빠리 근교의 요양원에서 정신질환을 앓다가 1942년 12월 23일에 사망한다.

나는 사라져가는 그림자를 꿈으로 붙잡았네

나는 사라져가는 그림자를 꿈으로 붙잡았네,
저무는 날의 사라져가는 그림자를.
나는 탑 위로 올라갔고, 계단이 떨렸네,
내 발밑에서 계단이 떨렸네.

높이 오를수록 더 뚜렷이 보였네,
저 먼 곳의 형체들이 더 뚜렷이 보였네.
그리고 어떤 소리가 멀리서 울렸네,
하늘과 땅에서 퍼져나와 내 주위에서 울렸네.

높이 오를수록 더 밝게 빛났네,
졸고 있는 산꼭대기가 더 밝게 빛났네.
마치 작별의 빛으로 애무하듯이,
흐릿한 시선을 부드럽게 애무하듯이.

이윽고 내 아래 저 밑으로 밤이 성큼 다가왔네.
잠든 땅에는 이제 밤이 다가왔는데,
나에게는 한낮의 태양이 빛나고 있었네.
불같은 태양이 저 멀리 소진되고 있었네.

나는 알아냈네, 사라져가는 그림자를 붙잡는 법을,
어두워가는 날의 사라져가는 그림자를.

나는 점점 더 높이 올라갔고, 계단이 떨렸네,
내 발밑에서 계단이 떨렸네.

1894년

바람

나는 현재에 연연하며 살 수 없네.
나는 불안한 꿈들을 사랑하네,
타는 듯한 태양 빛 아래,
축축하고 희미한 달빛 아래.
나는 현재에 연연하며 살고 싶지 않네.
나는 귀 기울이네, 암시적인 현의 울림에,
꽃과 나무의 웅성거림에,
바다 물결이 전하는 옛이야기에.
나는 형언할 수 없는 욕망으로 괴로워하며
알 수 없는 미래를 살아가네.
안개 자욱한 미명 속에 한숨 쉬고
저녁 먹구름 속을 떠다니네.
종종 예기치 않은 희열 속에서
입맞춤으로 잎사귀들 불안케 하네.
나는 지칠 줄 모르는 질주 속에 살아가네.
끝 모를 불안 속에 살아가네.

1895년

나는 느릿느릿한 러시아어의 세련미

나는 느릿느릿한 러시아어의 세련미.
내 앞의 다른 시인들은──전조前兆들,
이 언어 속에서 내가 처음으로 발견했네,
낭랑한 선율, 분노와 온유의 소리를.

　　　나는 갑작스런 굴곡,
　　　나는 요동치는 천둥,
　　　나는 투명한 냇물,
　　　나는 만인을 위한 존재이자 그 누구의 사람도 아니네.

끊길 듯 합쳐지는 거품 가득한 파도 소리,
스스로 존재하는 대지의 천연색 돌들,
푸른 오월의 숲속 메아리,
이 모든 것 전취하리, 타인들 것까지 앗아오리.

　　　꿈처럼 영원히 젊고,
　　　나 자신과 타인들에 대한
　　　열렬한 사랑으로 강건한
　　　나는 세련된 시.

　　　　　　　　　　　　　　　1901년

존재의 계명

자유로운 바람에게 나는 물었네,
젊어지려면 무얼 해야 하는지.
노닐던 바람이 나에게 대답했네.
"가벼워져라, 바람처럼, 연기처럼!"

거센 바다에게 나는 물었네,
존재의 위대한 계명은 무엇인지.
철썩이는 바다가 나에게 대답했네.
"늘 충만하게 울려퍼져라, 바로 나처럼!"

드높은 태양에게 나는 물었네,
어찌하면 아침놀보다 밝게 빛나는지.
태양은 아무 대답이 없었네.
하지만 내 영혼은 들었네. "온몸을 불사르라!"

1901년

나는 태양을 보기 위해 이 세상에 왔노라

나는 태양을 보기 위해 이 세상에 왔노라
        저 푸른 지평선도.
나는 태양을 보기 위해 이 세상에 왔노라
        저 높은 산들도.

나는 바다를 보기 위해 이 세상에 왔노라
        저 화사한 계곡도.
나는 온 세상을 단일한 시선 속에 가두었노라.
        나는 모든 것의 주권자.

나는 냉담한 망각을 정복했노라
        내 꿈을 창조함으로써.
나는 매 순간 비밀의 계시로 충만하므로
        나는 늘 노래하노라.

내 꿈을 일깨운 건 고통이지만
        나는 그로 인해 사랑받노라.
내 노래의 힘에 맞설 자 누구인가?
        아무도 없다, 아무도.

나는 태양을 보기 위해 이 세상에 왔노라.
        그러나 혹 날이 이미 저물었다면,

나는 노래하리라…… 태양을 노래하리라
죽음을 목전에 둔 순간에도!

1902년

우리 태양처럼 되자!

우리 태양처럼 되자! 누가 우리를
황금빛 길로 이끄는지는 잊어버리고,
오직 이것만 기억하자, 다른 것,
새롭고, 강하고, 선하고, 악한 것을 향해서
우리 황금빛 꿈속에서 영원히 눈부시게 돌진하리라는 것.
우리 지상의 욕망에 시달려도
늘 천상을 향해 기도하자!
언제나 젊은 태양처럼,
타오르는 꽃들과 투명한 대기와
모든 황금빛 존재를 부드럽게 애무하자.

그대는 행복한가? 그렇다면 두배 더 행복해져라,
돌연한 꿈의 화신이 되어라!
정체된 평온 속에서 머뭇거리지 말고
멀리, 더 멀리, 불가침의 경계까지 돌진하라,
더 멀리, 새로운 꽃들이 불타오르는 영원을 향하여
운명의 날이 우리에게 손짓하나니.
우리 태양처럼 되자, 젊은 태양처럼.
바로 여기에 아름다움의 계명이 있노라!

1902년

해설

1890년대부터 1900년대까지 발몬뜨는 새로운 예술의 창시자이자 상징주의 제1세대의 거성(巨星)으로서 추앙받았다. 그의 시는 일체의 사실적이고 세태적인 요소들이 제거된 미적 상상력의 세계를 제시한다. 그곳에서는 언제나 꿈이 현실을 압도하고 조형성보다 음악성이 지배적이다. '꿈-이데아'의 세계가 현실을 압도하고, 절대적인 의미를 획득하는 것—— 바로 이로부터 러시아 상징주의 미학의 단초가 마련된다. 앞서 소개된 기뻐우스의 시에서도 초월적 세계를 향한 지향이 두드러지지만, 발몬뜨의 경우 그것은 기뻐우스처럼 종교적이기보다는 낭만주의적 이상주의에 가깝다.

상징주의 시에서 꿈-이데아의 세계는 가시적인 이미지보다는 주로 비가시적인 어렴풋한 이미지로 희미하게 암시되곤 하는데, 발몬뜨의 시에서 그 전형적인 예를 찾아볼 수 있다. 꿈은 본질적으로 그 실체가 모호하고 흐릿한 세계이다. 따라서 꿈이 지배하는 시적 리얼리티는 불명료하고 유동적이며, 시어들의 의미는 대단히 암시적이고 모호하다. 발몬뜨의 초기작 중에서 이와 같은 특징을 전형적으로 보여주는 시가 「나는 사라져가는 그림자를 꿈으로 붙잡았네」와 「바람」이다. 이 시들은 '그림자'와 '꿈'이 상징하는 막연하고 모호한 어떤 대상을 향한 서정적 주인공의 영적 움직임을 그리고 있다. 그 움직임은 「나는 사라져가는 그림자를 꿈으로 붙잡았네」에서는 계단을 오르는 행위로, 「바람」에서는 바람의 질주로 형상화된다. 여러번 강조되는 '계단의 떨림'과 형체 없이 '떠다니는 바람'의 부유하는 이미지는 양 텍스트에 구축된 시공간을 지극히 불안정한 것으로 만든다. 또한 빛과 소리의 순간적인 지각에 관한 진술들로 이루어진 이 시들은 발몬뜨 특유의 인상주의적 스타일을 여실히 드러낸다. 그러한 인상주의적인 지각들은 시 전체에 수수께끼 같은 몽환적인 분위기를 연출하면서, 시적 리얼리티의 불안정성을 한층 더 강화한다.

창작생애의 절정기였던 1900년대 초의 시들은 선명하고 강렬한 색조를 띠며, 거대한 규모의 자연의 이미지들로 가득하다. 이때 자연은 물리적이고 생태적인 것이 아니라, 우주적이고 신화적이며 상징적인 존재이다. 「존재의 계명」 「나는 태양을 보기 위해 이 세상에 왔노라」 「우리 태양처럼 되자!」에 등장하는 '태양' '바람' '아침놀' '바다'와 같은 자연적 요소들은 고대 신화의 신들과 같은 위격을 지니며, 그 중심에는 태양이 자리한다. 발몬뜨가 꿈꾸는 미래의 문화와 인간을 상징하는 태양은 냉담하고 피로하고 허약한 현대인이 되찾아야 할 원초적인 생명력을 구현한다.

발몬뜨 시의 궁극적인 찬미의 대상은 서정적 주인공 '나'이다. 그의 시는 자아 찬미의 노래이다. '나'의 감정과 열망과 에너지는 '나'의 분신인 태양과 바다의 규모만큼 무한히 확대된다. 왕성한 생명력을 지녔으며, 모든 문명의 굴레로부터 자유로운, 오만불손한 발몬뜨의 서정적 주인공은 니체적인 초인-인신(人神)을 연상시킨다. 그는 원시적인 생명력의 화신이면서도 「나는 느릿느릿한 러시아어의 세련미」에서 보듯이, 극도로 세련되고 우아한 예술미를 체현하기도 한다. 이 대목에서 발몬뜨의 자아중심주의는 탐미주의와 상통한다.

발레리 야꼬블레비치 브류소프

(Valerii Yakovlevich Bryusov, 1873~1924) ————————————

발레리 야꼬블레비치 브류소프는 1873년 12월 1일 모스끄바에서 태어났다. 1893년에 프랑스 상징주의 시를 접한 그는 당대 문학이 나아갈 유일한 방향은 상징주의와 데까당스라는 확신을 품고서 러시아 데까당의 수장이 되겠다고 결심한다. 1894~95년에 그의 주도하에 『러시아의 상징주의자들』(*Russkie simvolisty*)이라는 제목의 시선집이 세차례 발간되는데, 거기에 실린 작품들은 대부분 브류소프 자신의 것이었다. 그는 이 치기 어린 실험적인 시선집 발간을 통해서 상징주의 시의 가능한 전범과 형식들을 모조리 제시하고자 하였다. 그 결과 문단으로부터 엄청난 조롱과 혹평을 받았지만, 독자들의 관성화된 미적 취향에 충격을 가하고자 했던 그의 의도는 소기의 성과를 거두었다. 이후 자아중심주의, 에로티시즘, 악마주의와 도회주의를 표방하는 시집 『걸작들』 (*Chefs d'oeuvre*, 1896)을 발표하여 문명(文名)을 떨치고, 발몬뜨를 비롯한 상징주의자들과 교유한다. 1899년 모스끄바 대학 역사학부를 졸업한 브류소프는 모스끄바의 상징주의자들과 함께 스꼬르삐온 출판사를 설립한다. 이후 이 출판사는 러시아 상징주의의 가장 뛰어난 저작들의 발행처가 된다.

시집 『세번째 파수』(*Tertia vigilia*)가 출간되던 1900년에 브류소프는 이미 상징주의 그룹 내에서 공인된 리더였다. 그는 시를 쓰고 출판사를 운영하는 일 외에도 뿌시낀에 관한 연구서와 작시법에 관한 논문을 집필하는 등 문예이론가, 역사학자, 번역가, 드라마 작가로서 정력적으로 활동하였다. 1903년 출간된 시집 『로마와 세계 만방에』(*Urbi et orbi*)는 그의 창작의 정점으로 평가받는다. 1903년 잡지 『천칭』(*Vesy*)을 발간하여 뱌체슬라프 이바노프(Vyacheslav Ivanov), 메레시꼽스끼, 블로끄(A. Blok), 쏠로구쁘 등 당대 최고의 문인들을 규합한다. 탁월한 리더십과 백과사전적인 지식, 8개 국어에 통달한 언어 능력, 정교하고 정확한 비평적 통찰력으로 그는 당대 가장 교양있는 작가이자 문학적 스승으로 추앙받는다. 1904년에는 상징주의 선언문으로 간주되는 에세이 「비밀의 열쇠」(Klyuchi tain)를 발표하여 "초감각적인 직관으로 세계를 파악하는 방법"이라는 상징주의적 예술관을 공표한다. 시집 『화관(花冠)』(*Stephanos*)이 발간된 1905년을 기점으로 브류소프의 창작생애는 후반기를 맞이한다. 1905년 혁명 이후 상징주의 내에서 신구(新舊) 세대 간 분열이 일어나고 예술의 본질을 종교적인 것으로 해석하는 젊은 상징주의자들이 부상한다. 안드레이 벨리(Andrei Bely)를 위시한 젊은 상징주의자들과 논쟁을 펼치던 브류소프는 1909년 문단의 지도적 위치에서 스스로 물러나 1910년부터는 전집 출간 등 그간의 문단생활을 결산하는 작업에 착수한다. 이후 그는 일상적인 삶에 밀착되고, 윤리적인 모티프가 강조되는 시들을 발표하여 세계관의 뚜렷한 변모를 드러낸다.

혁명의 창조적 힘을 맹신하면서 볼셰비끼 혁명을 열렬히 환영했던 그는 혁명 이후 7년간 정부로부터 위임받은 문화 관련 각종 직무를 수행하면서 일곱권의 시집을 연이어 출간한다. 1921년부터 브류소프는 자신의 발의로 설립된 문학예술대학에서 교수로 일하다가 1924년 10월 9일 폐렴으로 사망한다. 가까운 지인들 중에는 그가 모르핀중독의 후유증으로 자살했다고 주장하는 사람도 있다.

형식에 바치는 쏘네뜨

한송이 꽃의 자태와 향기는
미묘하고도 강력하게 연관되어 있는 법.
면면들이 연마되어 금강석에서 소생할 때까지
다이아몬드는 눈에 보이지 않는 법.

변화무쌍한 공상 속 형상들은
하늘의 구름처럼 떠다니다가
갈고닦여져 완성된 시구 속에서
견고히 굳어 영원히 사는 법.

그러므로 나는 내 모든 꿈들이
말과 빛에 끝끝내 도달하여
바라던 형태를 얻길 바라노라.

나의 벗으로 하여금 시집을 펼쳐
쏘네뜨의 유려함과
고요한 미의 문자에 취하게 하라.

1894년

창조

창조되지 않은 창조물의 그림자가
꿈속에서 흔들리네,
에나멜 벽 위의
종려나무 잎사귀처럼.

보랏빛 두 손이
에나멜 벽 위에서
꿈결인 듯 소리의 윤곽을 그리네,
낭랑하게 울리는 정적 속에서.

투명한 누각이
낭랑하게 울리는 정적 속에서
부풀어오르네, 마치
파란 월광의 반짝임처럼.

맨몸의 달이 떠오르네
파란 월광 속에……
소리들이 꿈결처럼 나부끼고
소리들이 나에게 애교 부리네.

창조된 창조물의 비밀들이
나에게 다정하게 애교 부리네.

이윽고 에나멜 벽 위에서
종려나무 그림자가 흔들리네.

1895년

젊은 시인에게

타는 듯한 눈길의 창백한 젊은이여,
나 이제 너에게 세가지 유언을 남길 테니
첫번째 유언을 거두어라: 현재에 살지 마라
오로지 미래만이 시인의 영역이니.

두번째 유언을 기억하라: 그 누구도 동정하지 말고,
스스로를 끝없이 사랑하라.
세번째 유언을 간직하라: 예술에 경의를 표하라
오로지 예술에만, 주저 없이, 맹목적으로.

당혹스러운 시선의 창백한 젊은이여!
네가 만일 이 세가지 유언을 받아들인다면
나는 패배한 전사처럼 말없이 숨을 거두리라
이 세상에 시인 하나 남기고 간다는 믿음으로.

                                        1896년

나

내 영혼은 모순의 안개 속에서도 지치지 않았고,
내 정신은 지독한 혼돈 속에서도 약해지지 않았다.
나는 온갖 몽상들을 사랑하고, 모든 이야기들이 내게 소중하다.
　　그리고 나는 모든 신들에게 내 시를 바친다.

나는 아스타르테[1]와 헤카테[2]에게 기도를 올리고
신관처럼 손수 백마리 희생양의 피를 따랐다.
그런 다음 책형 기둥의 발치로 다가가서
　　죽음처럼 강력한 사랑을 찬미했다.

나는 리케이온[3]과 아카데메이아[4]의 정원을 찾아가곤 했고,
밀랍 위에 현자들의 경구를 새기곤 했다.
충직한 학생처럼 나는 모두의 총애를 받았지만,
　　나 자신은 오로지 글쓰기만을 좋아했다.

석상들 서 있고 노래 흐르는 **몽상**의 섬에서

---

1 고대 바빌로니아의 대모신(大母神) 이슈타르의 그리스어 명칭. 미, 사랑, 풍요, 다산의 여신이다.
2 그리스 신화에 나오는 명계(冥界)와 암흑, 마법을 관장하는 여신. 그리스 신화의 여신 가운데 가장 신비로운 존재로 여겨진다.
3 기원전 335년 무렵 아리스토텔레스가 아테네 근교 리케이온에 설립한 학교.
4 기원전 387년 무렵 플라톤이 아테네에 설립한 학교. 대학교를 뜻하는 '아카데미'가 이 단어에서 연원한다.

나는 불빛 속에, 혹은 등불 없이 소요하였다.
때론 보다 명료하고 물질적인 것에 경의를 표하며,
        때론 그림자들을 예감하며 불안에 떨면서.

이상하게도 나는 모순의 안개를 사랑했고,
열렬히 지독한 혼돈을 갈구하기 시작했다.
내게는 온갖 몽상들이 달콤하고, 모든 이야기가 소중하다.
        그리고 나는 모든 신들에게 내 시를 바친다······

                                    1899년

기쁨

네가지 달콤한 기쁨을 나 알고 있으니,
첫째는 각성된 의식으로 사는 기쁨.
새들도, 먹구름도, 환영도 기뻐한다,
한순간 영원을 위해 존재함을.

두번째 기쁨은 불꽃처럼 찬란한 것!
그것은 시, 바로 존재의 의미.
쮸체프[5]의 노래와 베르하렌[6]의 상념들이여,
고개 숙여 그대들을 환영한다.

세번째 희열은 사랑받는 기쁨,
그대가 혼자가 아님을 항상 아는 것.
보이지 않는 언어로 연결되고 묶여 있는
우리 둘은 심연의 공포 위를 날아다닌다.

마지막 기쁨은 예감의 기쁨,
죽음 너머 실재의 세계가 있음을 아는 것.
완성의 꿈들이여! 몽상과 예술 속에서

---

5 표도르 쮸체프(Fyodor Tyutchev, 1803~73). 아파나시 페뜨(Afanasii Fet, 1820~92)
와 함께 19세기 후반의 러시아 서정시를 대표하는 시인으로 철학적이고 낭만적
이며 범신론적 경향의 시를 썼다.
6 에밀 베르하렌(Émile Verhaeren, 1855~1916). 벨기에 출신의 프랑스 시인이자 극
작가, 예술비평가. 상징주의자로서 30여권의 시집을 남겼다.

고개 숙여 그대들을 환영한다!

                                        1900년

좁다란 거리를 따라

좁다란 거리를 따라 한밤중의 소음을 누비며 극장과 정원을
나는 배회했다.
뇌리에 선명한 미래를 주시하며 삶과 본질을
추적했다.

나는 당신들에게 행복, 열정, 창공, 경계, 길에 관한 노래를
지어주었다.
그 옛날의 수도와, 미래의 권력과, 티끌처럼 흩날려간
모든 것에 관하여.

고요한 망루들과 하얀 담벼락들, 여러갈래로 갈라진 강물의
거품
한결같은 기쁨에 전율했고, 영원히 울려퍼지는 시행에
귀 기울였다.

처녀들도 청년들도 일어나 나를 맞이하며 황제인 양
관을 씌웠다.
마치 그림자인 양, 발걸음 따라 아침노을이 널따랗게 퍼져
흘렀다.

이제 그만, 충분하다! 나는 당신들을 버릴 테다!
몽상도, 시어도 가져가라!

나는 새로운 낙원을 향해 서둘러 달려간다.
꿈은 변함없이 살아 있다!

나는 창조했고, 사람들에게 전했고, 처음부터 다시 버리기 위해
망치를 들어올렸다.
행복하고, 강하고, 자유롭고, 젊은 나는 또다시 버리기 위해
창조한다!

1900년

서글프오, 그대와 나 둘만이 아니라서

서글프오, 그대와 나 둘만이 아니라서
하늘의 방문객 달이 창문으로 우리를 훔쳐볼 테고,
도시의 굉음이 밤의 정적을 깨뜨려
마주한 두 눈 사이 어둠의 행복이 망가뜨려질 테니.

서글프오, 내일이면 그대는 다른 이들과
끓어오르는 파도 속에 뒤섞여버릴 테고,
그들 속에, 그들과 함께 있으며,
아주 잠시라 해도 나를 잊을 테니……

오, 만약 내가 드높고 험준한 탑 위에 홀로 있다면,
피처럼 붉은 등불 영원히 깜박이고,
내일이 곧 어제인 듯, 오로지 밤이 영원한 그곳,
어디에선가 물결이 끝없이 철썩대는 그곳에!

모든 이들로부터 떨어져나와, 우주로부터 떨구어진 채
우리 둘만 있다면, 나 그대의 것, 그대 나만의 것으로!
그러면 우리 찰나의 영원을 지배하는 황제 같을 텐데,
해가 바뀌는 게 하루 같을 텐데.

1901년

해설

여기 번역되어 소개된 시들은 브류소프의 초기 시들로서 그의 데까당적인 면모가 잘 드러나는 작품들이다. 브류소프는 러시아 상징주의 그룹의 제1세대, 이른바 '연장자들'을 대표하는 시인으로서 그의 데까당적인 경향은 상징주의 1세대의 미학적 흐름을 대변한다. 데까당의 선두주자로서 그의 첫째가는 신조는 예술에 부과되는 모든 예술 외적 과제를 철저하게 차단하고 거부하는 것이다. 그러한 그의 입장은 '자기가치적인 예술'이라는 슬로건으로 집약된다. 자기가치적 예술이라는 개념은 삶의 모든 실리와 공리를 따지는 합리적이고 실증적인 원리가 예술에는 적용될 수 없다는 믿음을 전제로 한다. 즉 예술은 비합리적인 원리, 객관적 이성이 아닌 감성적 직관으로 운용되는 영역이며, 따라서 그것은 철저히 예술가 개인의 주관이 지배하는 세계라는 것이다. 이같은 관점은 예술적인 미(美)와 예술가의 주관의 절대적 가치에 대한 신념을 수반한다. 브류소프의 시에 나타나는 예술미와 자아숭배의 경향은 이러한 맥락에서 이해될 수 있다. 그의 데까당적인 초기 시들은 주로 자기가치적 예술의 자의식을 표명하는 시들로서, 예술 창조 자체를 주된 테마로 다룬다. 「형식에 바치는 쏘네뜨」와 「창조」는 그 대표적인 예이다. 브류소프에 따르면, 예술(시)의 고유한 아름다움은 바로 그것의 형식미에서 비롯된다. 시의 형식은 시를 구성하는 모든 요소들을 "한송이 꽃의 자태와 향기"와도 같이 "미묘하고도 강력하게 연관"시킴으로써 한편의 시를 "한송이 꽃" 혹은 "다이아몬드"처럼 완성시키는 결정적인 인자이다.

그러나 형식을 갈고닦는 것, 시어를 벼리는 것은 어떤 대상을 명료하게 지시하거나 설명하기 위함이 아니다. 시의 과제는 재현이나 서술이 아닌 '암시'에 있는 것이다. 이러한 상징주의적 명제를 브류소프는 「창조」를 통해 구현해 보인다. 여기서 예술 창조의 과정은 "에나멜 벽" 위에 흔들리는 "종려나무 잎사귀"의 그림자에 비유됨으로써 이성으로는 선명하게 포착할 수 없는 내밀하고 암시적인 어떤 것으로 제시된다. 창조 과정의 이러한 비밀스러운 속성은 예술적인 미 자체의 속성과 본질적으로 일치한다. "창조되지 않은 창조물의 그림자"의 신비한 속성은 "창조된 창조물의 비밀"과 일치하는 것이다.

예술을 자기가치적인 것으로 절대시하고 찬미하는 태도는 예술가의 유아론(唯我論)적인 자아숭배와 직결된다. 「젊은 시인에게」「나」「좁다란 거리를 따라」에서 이 점을 확인할 수 있다. 이 시들에 등장하는 서정적 자아는 범인들과는 변별되는 예술가이다. 그는 절대권력을 지닌 "황제"이자 더 나아가 신적인 존재이다. 브류소프에게서 예술 창조는 세계 창조에 버금가는 의의를 지니며, 따라서 예술가는 창조주-신으로서의 지위를 부여받는다. 그러나 그것은 어디까지나 예술적 '몽상'의 세계 안에서의 이야기이다. 즉 예술가-시인은 외부로부터 차단된 자신의 주관적 세계 안에서만 황제이자 신이다. 여기서 한가지 상기해야 할 점은 브류소프의 자아는 완성된 예술작품처럼 완벽하게 조화로운 존재가 아니라는 점이다. 오히려 그 반대로 「나」에서 보듯이 그의 자아는 온갖 모순과 혼돈을 포용하기에 예술 창조의 능력을 지닌다.

알렉산드르 알렉산드로비치 블로끄
(Alexandr Alexandrovich Blok, 1880~1921) ─────────

알렉산드르 알렉산드로비치 블로끄는 1880년 11월 16일 뻬쩨르부르그에서 태어났다. 부모가 일찍 이혼하여 그는 외가에서 성장하였다. 외가인 베께또프 집안은 학문과 예술을 숭상하는 뻬쩨르부르그의 유서 깊은 가문이었다. 그 속에서 시를 읽고 쓰며 예술에 관해 논하는 것은 블로끄에게 지극히 자연스러운 일이었다.

블로끄를 시인의 길로 이끈 결정적인 동인은 블라지미르 쏠로비요프(Vladimir Solov'yov)의 시와 철학이었다. 신의 지혜인 소피아, 즉 '영원한 여성성'이 지상에 강림함으로써 천상계와 지상계의 합일이 실현되고 인류의 성화(聖化)가 완결된다는 종교철학자 쏠로비요프의 사상은 대격변의 예감에 사로잡혀 있던 당대 일군의 젊은 시인들에게 일대 계시로 다가왔다. 쏠로비요프의 신비주의적이고 유토피아적인 세계관에 매료되던 시기에 블로끄는 어릴 때부터 알고 지내던, 화학자 멘젤레예프(D. Medeleev)의 딸 류보비 멘젤레예바(Lyubov' Mendeleeva)와 신비롭고 운명적인 사랑에 빠진다. 이것이 그를 시인으로 만든 두번째 동인이었다.

멘젤레예바와 결혼한 이듬해인 1904년부터 블로끄는 안드레이 벨리를 비롯한 신세대 상징주의자들과 각별한 우정을 나눈다. 같은 해 첫 시집 『아름다운 부인에 관한 시들』(*Stikhi o Prekrasnoi Dame*)을 출간한다. 아내 멘젤레예바와의 사랑을 그린 이 시집에서 그는 아내를 쏠로비요프적인 '영원한 여성성'을 체현한 신비롭고 아름다운 부인으로 묘사한다. 그의 첫 시집은 쏠로비요프의 후예이자 젊은 상징주의자의 출현을 아주 강렬하게 세상에 고하였다.

1905~1906년 사이에 정치·사회적인 문제에 무관심했던 블로끄의 의식에 변화가 일어난다. 이 시기에 그는 혁명운동을 비롯한 사회적 동향에 주목하면서 상징주의와는 점차 거리를 두고 자신만의 독자적인 길을 탐색하기 시작한다. 그의 새로운 현실 인식은 도시적 세태가 부각된 두번째 시집 『예기치 않은 기

쁨』(*Nechayannaya radost'*, 1907)에 반영된다. 한편 블로끄와 절친했던 시인 안드레이 벨리가 류보비 멘젤레예바에게 노골적으로 애정공세를 펴고, 배우가 되기 위해 아내가 집을 나가면서 블로끄의 결혼생활은 파탄지경에 이른다. 이와 같은 정황 속에서 그는 당시 유행처럼 번졌던 무정부주의와 퇴폐적인 분위기에 걷잡을 수 없이 휩싸인다.

1900년대 말 블로끄는 현실주의와 역사주의 쪽으로 선회한다. 마침내 그는 상징주의 노선과 최종적으로 분리의 선을 긋고, 고립과 침잠에서 벗어나 번역, 강연, 문학비평 및 사회비평 등으로 활동영역을 넓혀간다. 이때부터 씌어진 그의 인텔리겐치아와 민중에 관한 비평적 에세이들은 훗날 산문집 『러시아와 인텔리겐치아』(1918)로 묶인다. 시집 『눈 덮인 대지』(*Zemlya v snegu*, 1908), 『밤의 시계』(*Nochnye chasy*, 1911)가 출간되면서 블로끄의 시세계는 원숙기에 접어든다. 1911년부터 그는 자신의 모든 시들을 서정적 삼부작으로 편집하여 출간하는 일에 심혈을 기울인다. 또한 개인사와 시대사를 종합적으로 구현하는 서사시의 창작에도 몰두한다. 1918년 1월 초 그는 혁명을 묘사한 기념비적 서사시 「열둘」(*Dvenadtsat'*, 1918)을 단숨에 집필한다. 이 서사시는 그가 남긴 마지막 걸작이었다. 혁명 이후 러시아문학 고전 씨리즈 편찬 등 혁명정부의 문화사업에 참여하던 블로끄는 1921년 2월 뿌시낀 기념 연회에서 행한 '시인의 사명'이라는 제목의 연설을 행한 후, 갑작스레 발병한 심장병으로 그해 8월 7일 운명한다.

그대를 예감하오. 세월은 무심히 흘러가는데

속세의 상념 그 괴로운 꿈을
그대는 떨쳐버리리, 그리워하고 사랑하며.
──블라지미르 쏠로비요프

그대를 예감하오. 세월은 무심히 흘러가는데
여전히 한결같은 모습의 그대를 예감하오.

지평선은 온통 불타오르고 견딜 수 없이 밝소.
나 말없이 기다리오, 그리워하고 사랑하며.

지평선이 온통 불타오르니, 이제 곧 현현하리라.
그러나 나는 두렵소. 그대가 모습을 바꿀까봐.

끝내 익숙한 자태들을 바꾸어
불손한 의심을 불러일으킬까봐.

오, 나 추락하면 어찌하리, 슬픔에 젖어, 저 밑으로,
치명적인 꿈들을 이겨내지 못하고!

지평선은 이 얼마나 밝은가! 찬란한 순간이 임박했도다.
그러나 나는 두렵소. 그대가 모습을 바꿀까봐.

1901년

나 어두운 성당으로 들어가

나 어두운 성당으로 들어가
가난한 미사를 올린다.
거기 붉은 현수등의 희미한 반짝임 속에서
아름다운 부인을 기다린다.

높다란 기둥의 그늘 속에서
삐걱거리는 문소리에 몸을 떤다.
그런데 내 얼굴을 주시하는 것은
단지 빛나는 성상, 단지 그녀에 관한 꿈.

오, 내게 이 가사袈裟는 익숙하여라,
위엄 있는 영원한 여인의 옷자락이여!
저 높이 천장의 횡목을 따라 달리는
미소들, 동화들 그리고 꿈들.

오, 신성한 여인이여, 촛불은 얼마나 정겹고,
그대의 자태는 얼마나 큰 위로인지!
숨소리도, 말소리도 들리지 않지만
나는 믿노라. 사랑하는 그대임을.

1902년

미지의 여인

저녁마다 레스또랑 위에 감도는
무더운 공기는 거칠고 탁하다.
술에 취한 고함소리들
봄날의 썩은 악취가 제압한다.

저 멀리 골목길 먼지 위에
교외 별장들의 권태 위에
빵집 간판이 살짝 금빛을 띠고
어린애 울음소리 울려퍼진다.

매일 저녁 철로 건널목 너머
노련한 재담가들 중절모 꺾으며
도랑 사이로 부인네들과
산책을 한다.

호수에는 노 젓는 소리 삐걱대고
여인네 음성 째질 듯 울린다.
하늘에는 모든 것에 익숙해진
원반이 무의미하게 일그러져 있다.

매일 저녁 유일한 벗이
내 술잔에 비친다.

뜨겁고 신비한 액체에 취해
나처럼 순하고 멍하다.

옆 테이블들 사이로
졸린 종업원들 얼굴 내밀고
토끼 눈을 한 술꾼들이
"술 속에 진리가 있다!"In vino veritas!라고 외친다.

매일 저녁, 정해진 시간에
(혹은 그저 내가 꿈에서 본 걸까?)
비단을 휘감은 처녀의 몸이
희뿌연 유리창에 아른거린다.

그리고 천천히, 취객들 사이를 지나
언제나 일행 없이, 혼자서
향내와 안개를 풍기면서
그녀는 창가에 앉는다.

고대의 미신이 감도는
그녀의 탄력 있는 비단 옷자락.
장례용 깃털 달린 모자와
반지 낀 가녀린 손.

기묘한 친근감에 사로잡힌 내가
검은 베일 속을 바라보니,
이윽고 눈앞에 보이는 매혹의 기슭,
매혹의 먼 곳.

숨겨진 비밀들이 나에게 주어졌고,
누군가의 태양이 나에게 맡겨졌으며,
내 영혼의 굽이마다
떫은 포도주가 스며들었다.

비뚜름한 타조 깃털이
나의 뇌수 속에서 흔들리고
바닥 모를 푸른 눈동자가
머나먼 기슭에서 꽃핀다.

내 영혼 속에 보물이 놓여 있으니,
열쇠는 오직 나에게만 주어졌다!
네가 옳다, 술 취한 괴물아!
나는 안다, 술 속에 진리가 있음을.

1906년

축축한 적갈색 이파리에

축축한 적갈색 이파리에
마가목 열매가 붉어가고,
형리가 앙상한 손으로
마지막 못을 손바닥에 박을 때,

납빛 강물의 잔물결 위,
축축한 잿빛 언덕 위에서
준엄한 고향의 얼굴 마주하며
나 십자가에 매달려 흔들릴 때,

그때, 광활한 저 멀리
임종의 피눈물 너머 보이나니,
넓은 강물을 따라
통나무배 타고 나에게 오시는 그리스도.

두 눈에는 한결같은 소망을 담고
여전히 누더기 걸친 채,
옷자락 사이로 드러난
못 박힌 손바닥 가엾게 바라보며.

그리스도여! 고향의 광야는 애처롭습니다!
나는 십자가에 매달려 지쳐갑니다.

당신의 통나무배는 정말이지
내 십자가 언덕에 닿을까요?

1907년

분신

시월 어느날 안개 속에서
노랫가락을 떠올리며 나는 배회했다.
(오, 순수한 입맞춤의 순간이여!
오, 정결한 처녀의 손길이여!)
문득 자욱한 안개 속에서
잊힌 선율이 들려왔다.

그리고 청춘이 꿈에 나타났다,
너, 마치 생시 같은 네가……
나는 꿈을 따라 질주했다
바람, 비, 어둠으로부터 멀리……
(그렇게 풋풋한 젊은 날이 꿈에 보였다.
그런데 너, 너는 정말 되돌아오려는가?)

문득 눈앞을 보니, 안개 자욱한 밤에
늙어가는 청년이 비틀거리며 나타나
나에게 다가온다.(이상하지,
그를 꿈속에서 본 것만 같은데?)
안개 자욱한 밤에서 나와
나에게 똑바로 다가온다.

그리고 그는 속삭인다. "비틀거리는 데 지쳤어.

음습한 안개를 들이쉬고
타인의 거울에 비치고,
낯선 여자들과 입 맞추는 것도……"
그러자 그와 다시 마주치리라는
이상한 예감이 들었다.

갑자기 그가 뻔뻔스레 웃음 짓더니
순간 내 주위에 아무도 없다……
그 슬픈 모습 낯설지 않으니
어디선가 그 모습 보았었다……
어쩌면 나 자신을
거울에서 마주친 것일까?

1909년

삶은 시작도 끝도 없다[1]

삶은 시작도 끝도 없다.
우리 모두를 숨어 살피는 우연.
우리 위에는 피할 수 없는 어스름,
혹은 신의 얼굴의 광명.
그러나 그대 예술가여, 굳게 믿을지어다
시작과 끝의 존재를. 그대는 알지어다
천국과 지옥이 어디서 우리를 지켜보고 있는지를.
그대는 침착한 잣대로 보이는 모든 것을 헤아려야 한다.
우연한 윤곽들을 지우라——
그러면 알게 되리니, 세계는 아름답다는 것을.
어디가 빛인지 알지어다. 그러면 어디가 어둠인지 알게 되리니.
세상의 신성과 세상의 죄악,
그 모든 것이 천천히 지나가게 하라,
영혼의 열기와 이성의 한기를.

1910년

---

1 서사시 「징벌」(Vozmezdie)의 서시(序詩).

얼마나 어려운 일인가, 죽은 자가 사람들 사이에서[2]

얼마나 어려운 일인가, 죽은 자가 사람들 사이에서
살아 있는 척, 정열적인 척하는 것은!
그러나 세상 속으로 비집고 들어가야만 한다.
출세를 위해 뼈와 뼈가 부딪는 소리를 감추고서……

산 자들은 잠들어 있다. 죽은 자는 관에서 일어나
걸어간다. 은행으로, 재판정으로, 원로원으로……
밤이 하얄수록 악惡은 검어지고,
펜은 더욱 장엄하게 삐걱거린다.

죽은 자는 하루 종일 문서와 씨름한다.
일이 끝난다. 그리고 이제,
그는 엉덩이를 씰룩거리며
의원에게 음탕한 이야기를 속삭인다……

벌써 저녁이다. 가랑비가 흙탕물을 뿌렸다.
행인들과 집들, 그밖의 시시한 것들에게……
또다른 스캔들을 향해, 죽은 자를
이를 부드득 가는 택시가 태워간다.

---
2 연작시 「죽음의 무도」(Plyaski smerti)의 첫번째 시.

인파로 가득한, 수많은 기둥의 홀을 향해
죽은 자는 서두른다. 우아한 연미복을 걸치고.
호의적인 미소를 그에게 던진다,
바보 여주인과 얼간이 주인이.

그는 관료의 권태로 기진맥진.
그러나 뼈마디의 금속성 소리는 음악에 묻히고……
우정 어린 악수를 굳게 나눈다.
살아 있는 척해야 한다!

기둥 옆에서 연인의 눈동자와
마주치자마자, 그녀는 그처럼 죽은 자가 되고.
그들이 나눈 사교계의 흔한 말 뒤로
그대는 진정한 말을 듣는다.

"지친 친구여, 이 홀은 괴이하구먼."
"지친 친구여, 무덤은 차갑잖은가."
"벌써 자정이군." "그러게. 한데 자네는 NN 양에게
왈츠를 신청하지 않았군. 그녀는 사랑에 빠졌어……"

거기서, NN 양은 이미 뜨거운 눈으로
그를, 격정의 피를 지닌 그를 찾고 있는데……

처녀의 아름다움이 깃든 그녀의 얼굴에는
생기발랄한 사랑의 얼빠진 환희……

그는 그녀에게 헛소리를 지껄인다.
산 자들에게 매혹적인 말들을.
그는 그녀의 어깨가 장밋빛으로 물드는 것을 본다.
그가 그녀의 어깨에 얼굴을 묻었을 때.

그리고 사교계의 습관적인 악의의 예리한 독을
이승의 것이 아닌 악의로 씻어버린다……
"아, 얼마나 그는 현명한가! 얼마나 나를 사랑하는가!"

그녀의 귓전에 울리는 타계他界의 이상한 소리.
　　뼈와 뼈가 부딪는 소리.

1912년

밤, 거리, 가로등, 약국[3]

밤, 거리, 가로등, 약국,
무의미한 흐릿한 빛.
사반세기를 더 산다 해도
모든 것은 그대로. 출구는 없다.

죽어서, 다시 처음부터 시작한다 해도
모든 것은 예전처럼 반복되리.
밤, 얼어붙은 운하의 잔물결,
약국, 거리, 가로등.

1912년

---

3 연작시 「죽음의 무도」의 두번째 시.

64

오, 나는 미친 듯 살고 싶다

오, 나는 미친 듯 살고 싶다.
모든 현존을 영원케 하고
몰개성적인 것을 인간화하며
이루어지지 못한 것을 구현하고 싶다!

삶의 불안한 꿈으로 가위눌리고
그 꿈속에서 나 숨 막히면 어떠리.
어쩌면, 미래에 쾌활한 젊은이가
나에 관해 이렇게 말할지도.

음울함을 용서합시다. 정말이지 그건
그의 은밀한 원동력 아니겠어요?
그는 온전히 선과 빛의 아이
그는 온전히 자유의 제전!

1914년

해설

대체로 블로끄는 러시아 상징주의 제2세대를 대표하는 시인으로 간주되지만, 그의 창작적 궤도는 후기로 갈수록 상징주의의 틀에서 현저히 벗어난다. 그가 상징주의를 의식적으로 넘어선 자리에서 러시아 서정시의 새로운 지평이 열리게 되는데, 그것은 서사적 차원으로의 자기 확장을 꾀함으로써 더욱더 심오해지는 서정의 세계이다.

블로끄 시의 요체는 무엇보다도 서정성 그 자체이다. 그의 시는 자기 내면의 순정한 고백이라는 점에서 그 어떤 러시아 현대시보다 서정시의 본령에 가까이 다가가 있다. 다른 한편, 그의 서정시는 시대와 사회적 삶에 대한 깊은 성찰이라는 점에서 역사성과 당대성에 대한 지향을 뚜렷하게 드러낸다. 이와 같은 블로끄의 독특한 서정성은 상징주의자들을 비롯한 모더니스트들에게서 흔히 볼 수 있는 주관주의나 유아론에 경도되지 않을 뿐만 아니라, 동시대인과 세계인의 가슴을 울리는 심대한 보편성을 획득한다. "시대의 비극적 테너"라는 안나 아흐마또바(Anna Akhmatova)의 비유가 가리키듯이, 시대 전체의 맥박과 리듬에 내밀하고 충실하게 공명하는 것, 여기에 블로끄의 서정시가 지닌 고유한 미덕이 자리한다. 요컨대 그의 시는 가장 서사적인 테마에 대한 가장 서정적인 반향이다.

자신의 모든 시를 세권의 책으로 엮어서 "인간화의 삼부작"이자 "운문으로 된 소설"이라고 명명했던 시인은 그 소설 속 주인공이 걸어간 길을 테제-반테제-진테제의 변증법으로 이해할 만한 여지를 여러 글 속에 남겼다. 테제 시기는 상징주의 2세대들이 표방했던 신비주의적이고 유토피아주의적인 세계관에 적극적으로 동조하던 단계였다. 「그대를 예감하오. 세월은 무심히 흘러가는데」와 「나 어두운 성당으로 들어가」는 이 시기를 대표하는 연작시 「아름다운 부인에 관한 시들」에 속한다. 여기서 '아름다운 부인'을 지극히 연모하며 그녀를 기다리는 '나'는 '아름다운 부인'의 현현과 그에 의한 '나'와 지상세계의 전변을 꿈꾼다. 그런데 "그러나 나는 두렵소. 그대가 모습을 바꿀까봐."(「그대를 예감하오. 세월은 무심히 흘러가는데」)라는 반복되는 시행에서 드러나듯이, 아름다움이 세계를 구원하리라는 '나'의 믿음은 늘 불안한 회의를 동반한다. 여기서 이미 '나'의 분열의 징후, 테제가 반테제로 부정되고 전복될 조짐이 보인다.

「미지의 여인」은 반테제 시기의 대표작이다. 이 시에 등장하는 '미지의 여인'은 성스럽고 고결한 '아름다운 부인'의 타락한 형태, 그녀의 패러디이다. '미지의 여인'의 외모와 관련된 디테일들은 선술집이라는 공간과 더불어 그녀의 신분이 매춘부임을 지시한다. 그럼에도 불구하고 그녀는 서정적 주인공 '나'에게 "매혹의 기슭" "매혹의 먼 곳"이 함의하는 '아름다운 부인'의 세계를 상기시킨다. 그녀의 모습은 어딘지 모르게 '아름다운 부인'을 닮아 있다. 그러나 그녀는 어디까지나 추하고 끔찍한 "술 취한 괴물"이다. 이 표현은 술에 취한 서정적 주인공이 자기 자신을 지칭하는 말일 수도 있다. 혹은 그녀와 자신 모두를 지칭하는 것일 수도 있다. 반테제 시기의 시들은 이와 같이 세계와 존재의 정체성이 온통 혼미해지는 혼돈의 양상을 보인다.

블로끄의 시에서 진테제 시기는 완벽하게 조화로운 합일의 단계가 아니다. 오히려 진테제 시기의 시들은 세계의 총체적인 분열과 타락, 파국의 정경을 펼쳐 보인다. 「분신」과 「얼마나 어려운 일인가, 죽은 자가 사람들 사이에서」에서 세계는 이제 분신들과 사자(死者)들이 출몰하는 무섭고 끔찍한 '지옥도'로 묘사된다. 「밤, 거리, 가로등, 약국」에서 그것은 사반세기를 흘러도 똑같이 반복되는 출구 없는 원(圓)의 이미지로 형상화된다. 그러나 이 비극적이고 무서운 '지옥'의 한가운데에 처한 시적 자아는 테제 시기의 정신적 허약함과 반테제 시기의 도덕적 무정부 상태를 극복하면서 선과 악, 미와 추, 허위와 진실을 가려낼 능력과 자격을 갖춘 '인간'으로 우뚝 선다. 그는 이제 지상의 삶의 모든 모순과 비극을 용감하게 직시하면서, 삶의 의미와 가치를 온전히 보존하고 수용하려는 의지를 드러낸다. 그와 같은 성숙한 서정적 주인공의 내면을 「삶은 시작도 끝도 없다」와 「오, 나는 미친 듯 살고 싶다」에서 읽을 수 있다.

안나 안드레예브나 아흐마또바
(Anna Andreevna Akhmatova, 1889~1966)

안나 안드레예브나 아흐마또바는 1889년 6월 11일에 오데사 근방에서 태어났다. 본래 그녀의 성은 고렌꼬(Gorenko)이다. 필명인 아흐마또바는 외가 쪽 조상인 킵차크한국의 칸의 이름에서 따온 것이라고 한다. 그녀는 1905년까지 뻬쩨르부르그 근교에 있는 도시 짜르스꼬예 쎌로에서 성장하였다. 뿌시낀이 소년시절을 보내기도 했던 아름다운 이 도시에서의 추억은 아흐마또바의 시심의 원천이 되었다.

1903년에 아흐마또바는 훗날 아끄메이즘(akmeizm)[1]의 창시자가 될 니꼴라이 구밀료프(Nikolai Gumilyov)와 첫 대면을 하게 된다. 구밀료프의 끈질긴 구혼에 그녀는 1910년에 결혼을 승낙한다. 결혼한 지 2년 만에 아들 레프(Lev)가 태어나는데, 훗날 스딸린 치하에서 그가 겪게 되는 수난은 아흐마또바의 생애와 창작에 결정적인 영향을 미치게 된다. 1911년에 잡지 『아폴론』(Apollon)에 시를 발표하면서 그녀는 본격적으로 문단활동에 뛰어든다. 그해 구밀료프와 고로제쯔끼(S. Gorodetskii)가 결성한 '시인조합'의 간사로 일하면서 당시 새롭게 출현한 아끄메이스뜨 시인들과 교분을 맺는다. 특히 시인 오시쁘 만젤시땀(Osip Mandel'shtam)과의 우정은 매우 각별했다.

1912년 첫 시집 『저녁』(Vecher)을 상재한 아흐마또바는 구체적이고 명료한 시어를 구사하여 상징주의의 모호하고 추상적인 문체에 지쳐 있던 독자들에게 대단히 신선한 자극을 주었다. 당시 뻬쩨르부르그의 문학까페와 각종 문학협회에서 자주 자작시를 낭송하던 그녀는 독특한 자태와 매너로써 젊은이들을 열광시켰다. 우수에 젖은 표정이 트레이드마크였던 그녀는 당대 화가들이 즐겨 그린 모델이기도 했다.

----

1 상징주의에 이어서 출현한 모더니즘 문학사조. 가시적이고 경험적인 지상세계를 존중하였으며, 명료하고 구체적인 표현을 지향하였다. 아끄메이즘에 관한 자세한 설명은 「옮긴이의 말」 292~93면 참조.

1914년에 아흐마또바는 종교적인 모티프들이 주를 이루는 시집 『묵주』 (*Chetki*)를 발간한다. 곧이어 세계대전이 발발하자 남편 구밀료프는 자원하여 참전하고 이를 기점으로 사실상 두사람의 결혼생활은 종지부를 찍게 된다. 그녀는 1917년 혁명이 일어나기 직전에 세번째 시집 『하얀 무리』(*Belaya Staya*)를 발표하여 러시아 서정시의 고전적 전통에 대한 지향을 뚜렷하게 드러낸다. 혁명 이후 그녀는 볼셰비즘에 동조하지는 않았지만 조국에 남는다.

1918년 구밀료프와 이혼한 아흐마또바는 이후 두차례 더 결혼하지만, 그녀의 개인적 삶은 끝내 불행을 면치 못한다. 1921년 전 남편 구밀료프가 백색테러의 누명을 쓰고 총살된 후로 당국의 감시대상이 된 그녀는 당시 가까스로 도서관 사서직을 얻어 생계를 유지할 수 있었다. 1921년 시집 『질경이』 (*Podorozhnik*)와 『서기 1921년』(*Anno Domini MCMXXI*)의 출간을 끝으로 1940년대 초까지 아흐마또바의 시는 활자화되지 못한다. 시집이 판매금지 조치를 당하자 살길은 번역밖에 없었다. 그후로 그녀는 수많은 외국 시들을 번역했는데 그중에는 한국의 시들도 다수 포함되어 있다.

제2차 세계대전이 발발하자 당국은 국민들의 애국심을 고취하기 위해 아흐마또바에게 시창작을 임시로 허락한다. 전시에 그녀는 따시껜뜨로 후송되어 전쟁시를 쓰고 부상자들을 위문한다. 1944년 러시아로 복귀한 그녀는 2년 후 소련 공산당 중앙위원회의 지령에 의해 작가 미하일 조셴꼬(Mikhail Zoshchenko)와 함께 "사상이 없는 반동의 대표자"로 낙인찍혀 다시 작가동맹에서 제명된다. 1950년대 후반에 비로소 복권된 그녀는 젊은 시인들로부터 문단의 살아 있는 전설로서 추앙받는다. 1960년대에는 이딸리아와 영국을 방문하여 문학상과 명예박사 학위를 받는다. 1965년 아흐마또바의 마지막 시집 『시간의 질주』(*Beg vremeni*)가 발간된다. 이듬해 5월 5일에 시인은 모스끄바 근교의 요양원에서 노환으로 사망한다.

쏘비에뜨 시절에 씌어진 아흐마또바의 작품들 가운데 기억해야 할 것은 서사시 「진혼곡」(Rekviem)과 「주인공 없는 서사시」(Poema bez geroya)이다. 두 작품 모두 스딸린 시대를 거치면서 1960년대까지 20년이 넘도록 고쳐 쓴 역작이다. 전자는 스딸린 테러로 희생당한 쏘비에뜨인들의 영혼을 기리고 위무하는 장시이며, 후자는 비극적이면서도 현란했던 1910년대 뻬쩨르부르그 예술인들의 삶을 회고하며 예술의 불멸을 노래한 작품이다. 이 두편의 기념비적 서사시를 통해서 아흐마또바는 민족의 수난사를 온몸으로 겪어내고 예술로 승화시킨 위대한 시인이자 역사의 증인이 되었다.

나는 창가의 빛줄기를 향해 기도해요

나는 창가의 빛줄기를 향해 기도해요.
빛줄기는 창백하고, 가늘고, 반듯하지요.
오늘 나는 아침부터 말이 없어요,
가슴은 두 동강 난 채.
내 청동 세면대가
푸르게 녹슬었어요.
그 위에서 빛줄기가 노닐고
그걸 바라보는 건 흥겨워요.
이토록 순진무구하고 소박한 빛줄기는
저녁의 적막이 감도는
이 텅 빈 건물 안에서
마치 금빛 기념비 같아서
나에겐 위로가 되어요.

1909년

나들이

모자의 깃털이 마차 지붕에 스쳤다.
그이의 두 눈을 잠시 바라보았다.
가슴이 저미었다, 슬픔의
이유도 모른 채.

바람이 잦아든 저녁은 우수에 잠겨
흐린 하늘 아래 미동도 없다.
마치 먹물로 그린 듯한
낡은 앨범 속 불로뉴 숲.

휘발유와 라일락 냄새,
긴장이 감도는 평정……
그이는 또다시 내 무릎을 살짝 만졌다
거의 떨리지 않는 손으로.

1913년

같은 잔으로 우리 마시지 않으리

같은 잔으로 우리 마시지 않으리
물도, 달콤한 포도주도.
이른 아침에 입 맞추지 않고,
저녁 무렵 창밖을 바라보지도 않으리.
그대는 해를 들이쉬고, 나는 달을 들이쉬고,
그러나 우리 같은 사랑으로 살아 있지.

내 곁에는 언제나 나의 신실하고 다정한 벗,
그대 곁에는 그대의 쾌활한 여자친구.
잿빛 눈동자의 놀란 기색을 나는 이해하네,
내 병은 그대 탓이니.
짧은 만남일지언정 우리는 자제하네.
우리는 그렇게 우리의 평안을 지킬 운명.

다만 그대의 음성 내 시 속에서 노래하고,
그대의 시 속에는 내 숨결이 떠돌 뿐.
오, 모닥불 하나 있으니, 망각도 두려움도
그것을 감히 건드리지 못하리.
그대가 알면 좋으련만, 그대의 건조한 분홍 입술
지금 얼마나 내 맘에 드는지!

1913년

여기 우리는 모두 난봉꾼, 매춘부

여기 우리는 모두 난봉꾼, 매춘부,
우리가 함께 있는 건 얼마나 무료한가!
벽지에 그려진 새와 꽃은
구름을 애타게 그린다.

그대가 피우는 검은 파이프 담배,
그 위로 피어오르는 연기 참으로 기묘하다.
나는 좀더 날씬해 보이려고
타이트스커트를 입었다.

통풍창은 영구히 막아놓았다.
저기 내리는 건 뭘까, 보슬비 혹은 소낙비?
그대의 눈동자
조심스러운 고양이의 눈을 닮았다.

아, 내 마음은 얼마나 울적한가!
죽는 순간만을 기다리는 건 아닐까?
그런데 지금 춤추고 있는 저 여인은
반드시 지옥에 떨어지겠구나.

1913년

그대는 지금 답답하고 울적하죠

그대는 지금 답답하고 울적하죠,
영예와 꿈을 거부했지만,
나에겐 어쩔 수 없이 사랑스러운 그대
침울할수록 나를 더 설레게 해요.

그대는 술을 마시고, 그대의 칙칙한 밤이
꿈인지 생시인지 분간 못하죠.
그러나 그대의 고뇌 어린 초록빛 눈동자
술 속에서 안식을 찾지 못했죠.

심장은 어서 죽기만을 원해요,
운명의 더딤을 저주하면서.
서풍은 자꾸자꾸
그대의 비난, 그대의 애원을 실어와요.

과연 나는 감히 그대에게 돌아갈 수 있을까요?
내 고향의 창백한 하늘 아래서
나는 노래하고 추억할 줄밖에 모르지만,
그대는 절대로 나를 추억하지 마세요.

이렇게 세월은 슬픔을 키워가며 흘러가죠.
내가 그대 위해 신께 뭐라고 기도하면 좋을까요?

그대의 짐작대로, 내 사랑은 그런 것,
그대조차도 없앨 수 없었죠.

1917년

나에게 목소리 들렸네

나에게 목소리 들렸네. 반갑게 나를 불렀네.
그리고 이렇게 말했네. "이리 오라,
황량하고 죄 많은 고향땅을 버려라,
러시아를 영원히 버려라,
내가 너의 두 손에 묻은 피 씻어내고,
너의 가슴에서 괴로운 수치심 뽑아내고,
새로운 이름으로
충격의 고통과 모욕을 감싸주리라."

그러나 나는 무심하고 태연하게
두 손으로 귀를 막았네.
이 부정한 말로 인해
슬픈 영혼이 모욕당하지 않도록.

1917년

마지막 건배[2]

나는 마시노라, 영락한 집을 위하여,
내 악독한 생을 위하여,
둘이서 함께 누리는 고독을 위하여.
그리고 너를 위하여 나는 마시노라.
나를 배신한 입술이 흘리는 거짓을 위하여,
두 눈동자의 죽음 같은 냉기를 위하여,
세계가 잔혹하고 난폭한 것을 위하여,
신이 우리를 구원하지 않은 것을 위하여.

1934년

---

2 세편의 시로 이루어진 연작시 「단절」(Razryv)의 세번째 시.

보로네시[3]

O. M.에게

도시는 온통 얼어붙은 채 서 있다.
유리로 덮인 듯한 나무들, 담벼락, 눈.
나는 크리스털 길을 조심스레 지나간다.
당초무늬 썰매는 몹시 위태롭게 질주한다.
보로네시의 뾰뜨르 대제 동상 위에는 갈까마귀들,
백양나무들, 그리고 뽀얀 햇살 아래
흐리고 아련한 연둣빛 아치.
웅대한 승리의 비탈진 대지에는
꿀리꼬보 전투[4]의 전운이 인다.
백양나무는 마치 맞부딪치는 술잔처럼
우리 위에서 일거에 웅웅거린다.
마치 결혼 피로연에서 수천의 하객들이
우리의 기쁨을 기원하며 축배를 들듯이.

그러나 은총을 잃은 시인의 방 안에는
공포와 뮤즈가 번갈아 당직을 서고
여명을 모르는 밤이

---

3 돈 강 중류에 위치한 보로네시 주의 주도. 1934~37년 동안 시인 오시쁘 만젤시
땀이 이곳에서 유형생활을 했다. 이 시는 아흐마또바가 만젤시땀을 면회한 후에
씌어진 것으로, 'O. M.'은 그의 이니셜이다.
4 1380년 9월 8일 돈 강 연변의 꿀리꼬보 언덕에서 드미뜨리 돈스꼬이가 이끄는
러시아 제후군과 킵차크한국의 타타르군 사이에 벌어진 전투. 유달리 치열했던
이 전투에서 러시아군은 대승을 거둔다.

서성이고 있다.

1936년

용기

우린 안다, 지금 무엇이 저울 위에 놓여 있으며
무슨 일이 지금 벌어지고 있는지.
우리의 시계가 용기의 시각을 알렸고,
용기는 우리를 버리지 않을 것이다.

죽음의 총탄 아래 쓰러지는 건 무섭지 않고,
집도 절도 없이 남는 건 슬프지 않다.
러시아어, 우리가 너를 보존하리니,
위대한 러시아 말을.

자유롭고 순결한 그대로 너를 이어 날라서,
자손들에게 전하고, 속박에서 영원히 너를
구원하리라!

1942년

세편의 시

1

잊을 때가 되었네, 저 낙타의 소음과
주꼽스끼 거리의 하얀 집을.[5]
때가 되었네, 자작나무 숲에서 버섯을 따고,
모스끄바의 광활한 가을을 맞이할 때가.
지금 거기엔 모든 게 빛나고, 모든 게 이슬에 젖어,
하늘은 드높이 걸리고,
로가쳅스끼 고속도로[6]는 기억하나니
젊은 블로끄의 허랑방탕한 휘파람 소리……

2

어두운 기억 속을
장갑 뒤집듯 뒤적이면, 떠오르는
뻬쩨르부르그의 밤. 황혼의 침상과
숨 막힐 듯 달콤한 향내.

---

5 1941년 11월부터 1944년까지 독일과의 전쟁 시기에 아흐마또바는 여러 작가·예술가들과 함께 우즈베끼스딴의 따시껜뜨에 머물렀다. '낙타의 소음'과 '주꼽스끼 거리'는 따시껜뜨와 관련된 이미지들이다.
6 알렉산드르 블로끄의 시 「가을의 자유」의 원고에 적힌 메모에서 인용한 것.

만灣에서 불어오는 바람. 거기 행간에서
아아, 오오, 감탄사 지나
블로끄──시대의 비극적 테너가
너에게 경멸 어린 미소 지으리.

3

그가 옳다── 또다시 가로등, 약국,
네바 강, 정적, 화강암……
세기의 시작을 기리는 기념비처럼
저기 그 사람이 서 있다──
그가 '뿌시낀의 집'에서
작별의 손을 흔들고는[7]
과분한 안식을 맞이하듯,
죽음의 나른함을 맞이했을 때.

1944~60년

───────────────────
7 알렉산드르 블로끄가 1921년 뿌시낀 사망 84주기를 기념하여 뻬쩨르부르그 '문
학인의 집'에서 열린 집회에서 행한 마지막 연설을 상기시키는 구절. '뿌시낀의
집'은 같은 해 블로끄가 쓴 시의 제목이기도 하다.

해설

앞서 소개된 상징주의 계열의 시들이 주로 추상적이고 관념적인 이상세계를 노래했다면, 그와 달리 아흐마또바의 시는 구체적인 사물과 일상적 체험들을 소박하고 간결하게 표현한다. 그래서 그녀의 시는 언뜻 보기에 쉽게 이해될 듯하다. 그러나 그녀의 간명한 시행들은 겉보기에는 잘 파악되지 않는 복잡한 심리와 연상의 네트워크를 내장하고 있다. 그러한 점에서 "19세기 러시아 소설의 심리적 풍부함과 복잡함을 서정시 속에 도입했다"라는 만뎰시땀의 지적은 결코 과언이 아니다.

그토록 간결하고 단순한 시구 속에 그만치 심오하고 복잡한 심리를 담을 수 있었던 원동력은 무엇일까. 그것은 아마도 아흐마또바 특유의 여성적 감수성일 것이다. 저명한 기호학자 유리 로뜨만(Yuri Lotman)은 여성적 주제들을 여성의 언어로 표현한 최초의 러시아 시인으로 그녀를 꼽는다. 러시아 시인 가운데 여성의 고유한 심리의 미묘한 굴곡들을 그녀만큼 구체적이고 섬세하게 묘파한 경우는 드물다.

「나는 창가의 빛줄기를 향해 기도해요」와 「나들이」에서는 아흐마또바적인 여성적 심리의 원형을 엿볼 수 있다. 이 두편의 시에 등장하는 여성 화자는 외부세계에 대한 예민한 관찰력과 감응력을 보유하고 있다. 그러한 화자의 시선을 통해서 외부의 정경과 내면적 정황 간에 모종의 연계가 맺어진다. '적막'과 '긴장'이 감도는 양 텍스트의 공간은 '말없는' 여성 화자의 섬세한 내면과 조응한다. 때론 우수에 잠기고, 때론 예민하게 달아오르는 그녀의 감정은 적막한 시적 공간을 심장의 긴장되고 절제된 박동으로 가득 채운다.

아흐마또바의 여성 화자가 겪는 정서적 체험은 크게 사랑과 고독으로 대별된다. 이때 사랑과 고독은 동전의 양면과도 같다. 아흐마또바의 사랑은 끝내 헤어나지 못하는 숙명적인 감정이자 지극히 사적인 체험이며, 언제나 불행으로 종결된다. 진실한 사랑을 향한 서정적 자아의 갈망은 지속적으로 기만당하고 배반당한다. 따라서 그녀의 사랑에 관한 시는 거의 대부분이 고독·단절·우수

86

의 모티프와 아이러니를 동반한다. 「같은 잔으로 우리 마시지 않으리」는 반어 (反語)적인 화법으로 씌어진 대표적인 사랑시이다. 대부분의 아흐마또바의 시에서 그렇듯이 여성 화자의 남성 파트너는 그녀의 지척에 존재한다. 그러나 둘 사이의 가까운 물리적 거리는 사랑의 실현 불가능성을 고통스럽게 부각시킬 뿐이다. 그러한 조건 속에서 사랑의 감정은 "같은 잔으로 우리 마시지 않으리/(…)/이른 아침에 입 맞추지 않고,/저녁 무렵 창밖을 바라보지도 않으리." 라는 아이러니로 표현될 수밖에 없다. 한편 지상에서 이루어질 수 없고 용납되지 않는 관계는 금기, 즉 죄악이 될 수밖에 없다. 그러므로 실현 불가능한 사랑을 하는 이들은 모두 '지옥'으로 떨어질 때를 기다리는 "난봉꾼, 매춘부"인 것이다(「여기 우리는 모두 난봉꾼, 매춘부」). 어쩌면 이와 같은 사랑은 시인이 자기 존재의 근원적 결핍과 고독을 해명하기 위해 설정한 하나의 극적인 정황일지도 모른다.

후기로 갈수록 사랑·고독·이별·죽음 등 개인적 체험뿐만 아니라 민족 전체의 운명이 아흐마또바의 창작에서 주된 비중을 차지하게 된다. 이때 조국과 민족의 역사라는 거시적인 맥락은 언제나 시인 개인의 전기적 삶과 긴밀하게 결부된 채 시 속에 도입된다. 가령 1917년 혁명의 소용돌이 속에서 씌어진 「나에게 목소리 들렸네」에서 시인은 망명을 거부하고 러시아에 남은 자신의 개인적 행보를 강조함으로써 조국에 남은 모든 러시아인들의 운명에 어떤 숭고함과 비장함을 부여한다. 「용기」는 아흐마또바의 전쟁시 가운데 가장 애송되어 온 작품으로서 제2차 세계대전(독소전쟁) 시기에 러시아 전역에서 수없이 울려퍼졌다고 한다.

오시쁘 예밀리예비치 만젤시땀
(Osip Emil'evich Mandel'shtam, 1891~1938) ─────

오시쁘 예밀리예비치 만젤시땀은 1891년 1월 3일 폴란드 바르샤바의 유태계 상인 집안에서 태어났다. 일곱살 되던 해에 그는 가족과 함께 러시아로 이주하여 뻬쩨르부르그에서 성장한다. 1907~10년 사이에 만젤시땀은 쏘르본 대학과 하이델베르크 대학에서 단기간 유학하고, 유럽의 여러 지역을 여행한다. 빠리 유학시절 모더니즘에 눈뜨면서 그는 본격적인 시창작에 돌입하게 된다. 1910년 잡지 『아폴론』을 통해서 데뷔한 후 1911년 구밀료프와 고로제쯔끼가 결성한 '시인조합' 및 아끄메이스뜨 그룹에 가담하고, 안나 아흐마또바와 각별한 우정을 나눈다. 같은 해 뻬쩨르부르그 대학에 입학하여 1917년까지 역사인문학부 로망어학과에서 수학한다.

1913년 3월 첫 시집 『돌』(*Kamen'*)이 출간되자 만젤시땀은 아흐마또바와 함께 새로운 시의 젊은 주자로서 문단의 주목을 받는다. 곧이어 그는 아끄메이즘의 선언문에 해당하는 「아끄메이즘의 아침」(*Utro Akmeizma*)을 발표한다. 이 선언문을 비롯한 그의 글에서 말과 예술의 의의와 존재양식은 아끄메이즘이 숭상했던 건축적인 개념으로 해석된다. 이후 여러 잡지에 평론 및 서평을 발표하여 문학사와 철학에 대한 탁월한 식견과 예리한 안목을 드러낸다. 1915년에는 시인 마리나 쯔베따예바(Marina Tsvetaeva)와 친분을 맺고 남다른 애정과 시적 영감을 주고받는다.

혁명이 발발하자 사회혁명당 좌파에 동조하며 혁명을 지지하는 시를 쓰기도 했으나, 내전 시기에는 현실에 적응하지 못하여 우끄라이나와 그루지야 등지를 전전한다. 1921년에 그는 우끄라이나에서 만난 나제즈다 야꼬블레브나(Nadezhda Yakovlevna)와 부부의 연을 맺는다. 훗날 그녀는 회고록을 써서 만젤시땀의 생애와 창작에 관한 소중한 정보를 세상에 전한다.

1922년 모스끄바로 온 만젤시땀 부부는 1934년 유형을 떠날 때까지 안정된 거처도 직장도 없이 위태롭고 궁핍한 생활을 이어간다. 모스끄바로 돌아온 해에 세계대전 및 혁명기의 시들이 수록된 『트리스티아』(Tristia)[1]가 출간된다. 헬레니즘과 관련된 모티프들이 주를 이루는 이 시집에는 문화와 시간에 관한 철학적 사유가 응축되어 있다. 그 뒤를 잇는 1920년대 전반기의 시들은 구시대에 대한 회상과 문화의 단절에 대한 비극적 인식을 담고 있다.

1920년대 중반부터 문단의 배척과 당국의 감시가 노골화되자 점차 신경증과 불안증의 징후를 보이던 만젤시땀은 1930년까지 시쓰기를 중단한다. 대신 이 시기에 『시간의 소음』(Shum vremeni, 1925)과 『이집트 우표』(Egipetskaya marka, 1928)와 같은 주옥같은 산문들을 발표하고, 시론집 『시에 관하여』(O poezii, 1928)를 출간한다. 1933년에는 여행기 『아르메니아로의 여행』(Puteshestvie v Armeniyu)을 상재하기도 한다.

1934년 5월에 만젤시땀은 스딸린을 풍자하는 시를 쓴 죄로 체포되어 보로네시에서 3년간 유형생활을 하게 된다. 유형지에서 그는 연작시 「보로네시 노트」(Voronezhskie tetradi)를 비롯한 수십편의 시들을 쓴다. 1937년 5월 형기를 마치고 돌아왔을 때 모스끄바 당국은 만젤시땀 부부의 주거를 불허한다. 그리하여 1년가량을 두사람은 그야말로 무일푼으로 떠돌이 생활을 한다. 1938년 5월에 만젤시땀은 또다시 반혁명 죄로 체포되어 5년의 강제노동형을 선고받는다. 시베리아로 호송되던 중 잠시 머물던 블라지보스또끄의 임시수용소에서 그는 예기치 않게 숨을 거둔다. 사망 직전까지 그는 시를 썼다고 전해진다. 공식적으로는 1938년 12월 27일에 심장마비로 사망한 것으로 되어 있지만, 만젤시땀의 정확한 사망 원인과 날짜는 아직까지 밝혀지지 않고 있다. 사망 통보는 1940년 6월에야 가족들에게 전해진다. 나제즈다 야꼬블레브나에 의해 1930년대에 씌어진 원고들이 어렵사리 보존되어 1950년대 말에 복사본으로 유포되다가, 1964년에 미국에서 유고 시집으로 처음 출간된다.

---

1 '트리스티아'는 로마의 시인 오비디우스가 아우구스투스 황제에 의해 로마에서 추방당했던 시절에 쓴 시의 제목으로서 '비애의 시'를 뜻한다.

오로지 아동서만 읽고

오로지 아동서만 읽고,
오로지 아이 같은 생각만 품을 것.
모든 큼지막한 것은 저리 날려버리고,
깊은 슬픔으로부터 우뚝 일어설 것.

정말이지 삶에 넌더리가 났으니,
아무것도 삶에서 받아들이지 않겠다.
하지만 나 내 가난한 땅은 사랑한다,
왜냐면 다른 건 본 적이 없으니.

정원에서 나는
소박한 나무 그네를 타곤 했다.
그 키 크고 녹음 짙던 전나무들을
어렴풋한 기억 속에 떠올려본다.

1908년

침묵 ^{Silentium}

그녀는 아직 태어나지 않았다,
그녀는 음악이요 또한 말,
그러므로 모든 살아 있는 것들의
파괴할 수 없는 연결.

바다의 가슴은 평온히 숨 쉬지만,
마치 광인처럼 낮은 환하고,
검푸른 그릇 속에는
라일락빛 거품.

그래, 나의 입은
원초적 침묵을 얻으리라,
크리스털 음音처럼
태어날 때부터 순결한 침묵을!

거품인 채 있으라, 아프로디테여,
말이여, 음악으로 되돌아가라,
가슴이여, 가슴을 부끄러워하라,
삶의 근원과 하나인 채!

1910년

노트르담 Notre Dame

로마의 판관이 이민족을 재판하던 자리에
바실리카[2]가 서 있다. 언젠가의 아담처럼
기쁨에 찬 최초의 존재로서 신경을 층층이 가른 채
십자가 그려진 가벼운 천장은 근육을 놀리고 있다.

그러나 비밀스러운 계획은 스스로를 드러내는 법,
여기서 말馬의 복대腹帶 같은 아치의 힘은
육중한 무게가 벽을 부술까 염려했으나,
대담한 천장의 서까래는 꿈쩍도 않는다.

불가항력의 미궁, 불가해의 숲,
고딕의 혼이 깃든 이성의 심연,
이집트의 위력과 그리스도교의 수줍음,
갈대와 나란히 참나무, 곳곳에 황제──수직추

그러나 노트르담 성채여, 내가 더 주의 깊게
너의 거대한 늑골을 연구할수록──
나는 더 자주 생각했다. 사악한 중력으로
나 언젠가 아름다움을 창조하겠노라고……

1912년

---

2 고대 로마의 건물양식. 내부가 끝에서 끝까지 텅 빈 강당으로 되어 있는 직사각
형의 건물로, 늘어서 있는 기둥들에 의해 회랑과 중앙이 구분된다.

뻬쩨르부르그의 시

노란색 정부 청사 위에
희뿌연 눈보라가 오래 맴돌았다.
법률가는 휘적이듯 외투를 여미고
또다시 썰매에 앉는다.

양지바른 곳에서 월동 중인 기선들.
선실의 두툼한 유리창에 불이 켜지기 시작했다.
부두의 전함처럼 거인 같은
러시아가 육중하게 쉬고 있다.

네바 강가에는 세계 절반의 대사관들,
해군성, 태양, 정적!
제국의 거친 황복皇服은
고행자의 뻣뻣한 옷처럼 남루하다.

북방 멋쟁이의 마음의 짐은 무겁다─
그건 오네긴[4]의 고풍스러운 우수.
원로원 광장에는 눈더미 제방,

---

3 니꼴라이 구밀료프(Nikolai Gumilyov, 1886~1921). 아끄메이스뜨 그룹을 주도한
시인으로 만젤시땀의 친한 친구이자 안나 아흐마또바의 첫 남편이었다. 혁명 후
백군에 가담하여 볼셰비끼에 의해 처형당했다.
4 뿌시낀의 운문소설『예브게니 오네긴』의 주인공.

모닥불 연기와 총검의 냉기……

보트들은 물을 퍼내고, 갈매기들이
대마 창고로 날아들던 곳,
지금은 거기에 꿀물이나 흰 빵을 팔면서
허풍쟁이 행상인들만 어슬렁거리고 있다.

자동차 행렬이 안개 속으로 질주한다.
자존심 강하고 초라한 보행자——
괴짜 예브게니[5]는 가난을 부끄러워하고,
휘발유 향을 들이쉬며 운명을 저주한다!

1913년

---

5 뿌시낀의 서사시 「청동 기마상」의 주인공.

지팡이

나의 지팡이, 나의 자유—
존재의 고갱이여,
과연 머지않아 나의 진리가
민중의 진리가 될 수 있을까?

스스로를 찾기에 앞서
나는 대지를 향해 절하지 않았다.
그냥 지팡이 쥐고, 들뜬 마음으로
머나먼 로마를 향해 걸었을 뿐.

그러나 불모의 전답 위에 쌓인 눈은
결코 녹지 않을 테고,
내 식솔들의 슬픔은
예전처럼 내게 낯설다.

절벽 위에 쌓인 눈은
내리쬐는 진리의 태양 아래 녹아버릴 테고,
민중은 옳다, 로마를 알아본 나에게
지팡이를 넘겨주었으니!

1914, 1927년

뻬쩨르부르그에서 우리 다시 만나리

뻬쩨르부르그에서 우리 다시 만나리,
마치 우리 그곳에 태양을 묻어놓은 듯,
축복받은 무의미한 말을
우리 처음으로 발설하리.
쏘비에뜨 밤의 검은 벨벳 속에서,
범세계적 공허의 벨벳 속에서,
축복받은 여인들의 정겨운 눈동자 여전히 노래하고
불멸의 꽃들 여전히 피어난다.

수도首都는 들고양이처럼 등이 굽었고,
다리 위에는 정찰병 서 있는데,
사악한 자동차만이 어스름 속을 질주하며
뻐꾸기처럼 울어댄다.
나는 야간통행증 따위 필요 없고,
보초병도 두렵지 않으니,
축복받은 무의미한 말을 위해
쏘비에뜨의 밤에 나 기도하리.

극장에서 옷자락 사각대는 소리 들린다,
아가씨들 '아아' 하는 탄성도──
그리고 거대한 불멸의 장미 다발이
키프리스6의 손에 들려 있다.

무료한 우리는 모닥불에 몸을 녹인다.
어쩌면, 영겁이 흘러가고,
축복받은 여인들의 정겨운 두 손이
가벼운 재를 모으리.

어디선가 어른거리는 일반석의 붉은 이랑,
특별석에는 호사스레 부풀어오른 귀부인의 드레스.
태엽 감긴 인형 같은 장교—
흉악한 영혼과 저열한 위선자를 위한 것은 아닐진대……
그래 뭐, 좋다, 우리의 촛불을 끄라,
범세계적 공허의 검은 벨벳 속에서
행복한 여인들의 다부진 어깨 여전히 노래하는데,
그대는 밤의 태양 알아채지 못하리.

1920년

레닌그라드

나는 나의 도시로 돌아왔네, 눈물겹도록 낯익은,
정맥처럼, 어릴 적 부어오르던 편도선처럼 친숙한 곳으로.

너는 이리로 돌아왔으니, 어서 빨리 삼키라,
레닌그라드 강변 가로등의 생선 기름을!

어서 빨리 십이월의 낮을 알아보라,
거기엔 불길한 타르에 노른자위가 섞여 있으니.

뻬쩨르부르그여! 나는 아직 죽고 싶지 않다!
너에게는 나의 전화번호가 있지 않으냐.

뻬쩨르부르그여! 나에게는 아직 주소들이 남아 있으니,
그걸 따라다니며 고인故人들의 음성을 찾아낼 테다.

나는 뒷문 계단 위에서 살고 있는데,
살점이 뜯겨나간 초인종이 내 관자놀이를 내리친다.

그리고 밤새도록 문고리의 수갑을 만지작거리며
나는 귀한 손님을 기다린다.

1930년

오, 나 얼마나 원하는지

오, 나 얼마나 원하는지,
아무에게도 감지되지 않는 나,
거기에 내가 전혀 없는 저 빛,
그것을 따라 날아가기를.

너는 부디 두루 빛나라,
다른 행복은 없으니.
또한 별들에게 배우라,
빛이 뜻하는 바를.

그것이 광휘인 이유는 오로지,
그것이 광명인 이유는 오로지,
속삭임으로 강력하며
혀짤배기소리로 따사롭기 때문.

너에게 하고픈 말 있으니,
나는 속삭이며,
속삭임으로, 아이야, 너를
빛에 안겨주노라.

1937년

해설

만젤시땀은 앞서 소개된 아흐마또바와 함께 아끄메이즘의 핵심 멤버였다. 그가 아끄메이즘 시학을 확고하게 정립한 시기는 1913년경이지만, 새로운 예술관과 시학에 대한 갈망은 훨씬 전부터 그의 의식 속에 자리하고 있었던 것으로 보인다. 가령 1908년에 씌어진 「오로지 아동서만 읽고」의 다음 구절을 보자. "오로지 아동서만 읽고,/오로지 아이 같은 생각만 품을 것./모든 큼지막한 것은 저리 날려버리고,/깊은 슬픔으로부터 우뚝 일어설 것." 이 시행은 아끄메이즘의 별칭이었던 '아담이즘'(adamizm)을 상기시킨다. 자신들의 새로운 미적 비전을, 태초에 아담이 세상을 아무런 선입견 없이 단순명료하게 바라보고 사물을 명명한 것에 빗대고자 함이 이 별칭의 취지이다. 지상에 우뚝 서서 아이처럼 아무 편견 없이 세상을 바라보는 인간의 형상은 상징주의적인 이데아계에서 하강하여 균형 잡힌 자세로 지상에 직립한 아끄메이스뜨의 탄생을 예고한다.

만젤시땀의 제1의 관심사는 말이었다. 그는 상징주의 같은 예술적 이념이든 사회주의 같은 정치적 이데올로기든 말을 왜곡하고 훼손하는 것에 저항하였다. 만젤시땀에게 말은 모든 인문적 유산, 즉 예술·문화와 동의어였다. 그러한 말의 창조와 보존은 그의 창작 전체를 관통하는 주제이다. 「침묵」은 말을 주제로 다룬 초기의 대표작이다. 여기서 말은 아프로디테가 상징하는 아름다움과 예술의 동의어이다. 그런데 말의 탄생을 주제로 하는 이 시의 제목이 왜 역설적이게도 '침묵'인가. 만젤시땀은 이 시에서 침묵과 말의 고전적인 대립관계를 해체한다. 이 시의 논리에 따르면, 말은 곧 침묵이며 침묵은 곧 음악이다. 태초의 말을 낳은 것은 말 이전의 침묵이며, 따라서 그것은 말-로고스로 창조된 모든 존재의 근원이다. 이러한 침묵과 말의 관계는 모든 존재의 "파괴할 수 없는 연결"을 지시하며, 그것을 상징하는 것이 음악이다. 한편 "파괴할 수 없는 연결"은 시간의 무상함과 공간적 단절을 극복하는 말과 문화의 본질적 속성으로서 만젤시땀 시의 궁극적 메시지가 이 표현 속에 함축되어 있다고 봐도

무리는 없을 것이다.

「노트르담」은 이른바 '건축시' 계열에 속하는 대표작이다. 만젤시땀에게 예술의 가장 이상적인 모델은 건축이었다. 빠리의 노트르담은 콘스탄티노플의 성쏘피아 성당, 뻬쩨르부르그의 해군성과 함께 그의 시에서 예술과 문화의 환유로서 기능한다. 언급된 건축물들은 아끄메이즘이 옹호하는 지상적 리얼리티의 구체성·물질성·가시성을 체현한다. 그러나 그것들의 의미는 단지 삼차원적인 구조물이라는 점에만 국한되지 않는다. 이상적인 건축물, 즉 예술작품으로서의 노트르담은 '신경' '근육' '늑골'을 소유한 유기체이자 '이성'을 지닌 인간적 존재로 묘사된다. 그것은 "사악한 중력"에 저항하며 직립한 채 지상에 아름다운 문화를 구축하고자 하는 인간-예술가의 의지를 표상한다.

만젤시땀은 아끄메이즘을 "세계문화에 대한 그리움"이라고 정의한 바 있다. 이 진술은 아끄메이즘보다는 그 자신의 창작에 대한 정의로 더 적절하다. 문화는 앞서 언급한 대로 시공간의 경계를 뛰어넘는 "파괴할 수 없는 연결"의 속성을 지닌다. 그것을 입증하는 것이 이른바 문화의 응축기로 간주되는 도시, 그중에서도 뻬쩨르부르그이다. '유럽을 향한 창'으로 불리며, 아름답고 위풍당당한 석조 건축물들이 즐비한 이 도시는 세계문화와 러시아문화의 융합을 무엇보다도 건축적으로 표상한다. 또한 「뻬쩨르부르그의 시」에서 보듯이 이 도시의 풍모는 "거인 같은 러시아"의 역사와 운명을 체현하며, 뿌시낀의 운문소설 『예브게니 오네긴』을 위시하여 뻬쩨르부르그를 테마로 삼은 러시아 문학의 위대한 전통을 보존하고 있다. 이 도시에 관한 또다른 시 「뻬쩨르부르그에서 우리 다시 만나리」의 시행들 속에는 문화에 대한 지독한 향수, 말과 문화의 영속성에 대한 믿음과 소망이 절절하게 배어 있다.

마지막 시 「오, 나 얼마나 원하는지」에 등장하는 말은 '속삭임'과 '혀짤배기소리'이다. 이 두종류의 말은 「뻬쩨르부르그에서 우리 다시 만나리」에 나오는 "축복받은 무의미한 말"과 같은 성질의 것이다. 이러한 말들은 모두 쏘비에뜨의 이데올로기로 오염된 요란하고 거친 말들과 대립한다. 그것은 쏘비에뜨의 언어와 달리 아무 목적도 의도도 없이 자족적인 '무의미한' 말이다. 무엇보다

만젤시땀이 '속삭이는' 그 자신의 시들이 바로 그러한 말의 범주에 속한다. 그것은 "쏘비에뜨의 밤"과 "범세계적 공허"를 뚫고 빛나는 '태양'과 '별'처럼 영속한다.

마리나 이바노브나 쯔베따예바

(Marina Ivanovna Tsvetaeva, 1892~1941) ─────────────

마리나 이바노브나 쯔베따예바는 1892년 9월 26일 모스끄바에서 태어났다. 그녀의 아버지는 저명한 예술학자이자 모스끄바 대학의 교수였고 어머니는 피아니스트였다. 쯔베따예바는 어린 시절부터 독서와 공상의 세계에 침잠한 채 독립적이고 고립된 자아를 키워갔다.

1910년에 그녀는 자비로 첫 시집 『저녁 앨범』(*Vechernii al'bom*)을 출간한다. 자전적인 체험과 소녀적인 감성을 일기처럼 기록하고 있는 이 시집은 어조의 독창성과 강렬한 감정적 호소력으로 당시 저명한 문인들로부터 호평을 받았다. 1912년 쯔베따예바는 평생의 반려이면서도 훗날 그녀의 삶을 파국으로 몰고 가게 되는 쎄르게이 야꼬블레비치 에프론(Sergei Yakovlevich Efron)과 결혼한다.

1916년경부터 그녀의 시는 초기의 고백적이고 일기적인 스타일에서 벗어난다. 점차 작품 속에 신화적인 여성 페르소나들이 서정적 자아의 분신으로 등장하기 시작하고 비극적이고 악마적인 테마들이 도입됨으로써 시인의 개인적 신화와 상징들이 구축되어간다. 또한 민담적 요소들이 광범위하게 차용된다. 1917년 10월혁명이 발발하면서 쯔베따예바의 개인사는 비극으로 치닫는다. 내전이 전개되던 1917년부터 1920년까지 그녀는 백군에 뛰어든 남편의 생사조차 모른 채 두 딸아이와 모스끄바에서 굶주림에 허덕이다가 결국 둘째딸을 영원히 잃고 만다. 처참했던 이 시기에 씌어진 시들은 『이정표』(*Versty*) I, II권으로 나뉘어 두차례에 걸쳐서 출간된다.

1922년 5월 쯔베따예바는 국외로 탈출한 남편과 만나기 위해 망명길에 오르게 되고, 그후 체코 프라하 근교에서 4년 넘게 생활한다. 내전 말기와 체코 시절에 그녀는 서정시뿐 아니라 여러편의 서사시를 창작하고 1923년에는 베를린에서 시집 『수작업』(*Remeslo*)을 출판한다. 1925년에 쯔베따예바 가족은 경제적 여건을 개선하고자 당시 러시아 망명문학의 중심지였던 프랑스 빠리로 이주한다. 빠리 근교에서 그녀는 수많은 연작시와 서사시, 비평적 산문을 집필한다. 그러나 그녀의 음울하고 파격적인 시들은 문단의 주류로부터 외면당하고, 시인 자신은 친쏘비에뜨라는 혐의를 쓴 채 소외되고 고립되어간다. 그리하여 빠리 체류기간에 단 한권의 시집 『러시아 이후』(*Posle Rossii*, 1928)만 빛을 보게 되는데, 이는 시인이 생전에 출간한 마지막 시집이었다.

1939년 친쏘비에뜨적 노선으로 전향한 남편과 딸이 러시아로 귀국하자, 그 뒤를 따라 쯔베따예바는 아들과 함께 조국으로 돌아온다. 귀국한 지 얼마 안되어 남편과 딸이 연이어 체포되고, 결국 남편 에프론은 총살되고 만다. 아들을 데리고 유랑민 같은 생활을 전전하던 시인은 1941년 독소전쟁이 발발하자 따따르스딴의 엘라부가로 후송된다. 그곳에서 아무리 발버둥 쳐도 살길을 찾을 수가 없었던 그녀는 8월 마지막날 목을 매어 자살한다.

자살

음악소리 정감 넘치는 어느날 저녁,
별장의 뜰에는 만발한 꽃들.
생각에 잠긴 아들의 눈동자
엄마는 몹시 환한 눈빛으로 바라보았네!
그녀가 연못 속으로 사라지고
물결이 잠잠해졌을 때,
아들은 깨달았네. 마법사가 사악한 봉 휘둘러
엄마를 저리로 끌고 갔구나.
저 멀리 별장에서 플루트 선율 흐느끼고
석양의 진홍빛 환히 빛나는데……
아들은 깨달았네. 전에는 누군가의 자식이었던 나
이제는 혈혈단신, 그 누구의 자식도 아니구나.
"엄마!" 그는 자꾸만 소리쳐 불렀네.
그러고는 비몽사몽 잠자리로 기어들어가
연못에 빠진 엄마에 관해
아무 말 하지 않았네.
머리맡에 성상이 놓여 있었지만,
그래도 무서워라! "아아, 집으로 돌아와!"
……그는 숨죽여 울었네. 그런데 문득, 발코니에서
들려오는 목소리. "내 아들아!"

어여쁘고 좁다란 봉투에서

엄마의 편지를 발견했네. "용서해다오. 언제나
사랑과 슬픔은 죽음보다 강하단다."
죽음보다 강하다…… 그래, 오, 그렇구나!……

1908년

너무 일찍 씌어진 나의 시들

너무 일찍 씌어진 나의 시들,
내가 시인인 줄 나도 몰랐던 시절,
분수에서 물이 솟구치듯
로켓에서 불꽃 쏟아지듯 터져나온 나의 시들,

꿈과 훈향 깃든 성당 안으로
작은 악마들처럼 불시에 잠입한
청춘과 죽음을 노래한 나의 시들,
아무도 읽지 않은 나의 시들!

먼지에 덮인 채 서점마다 널려 있는 나의 시들,
아무도 사지 않고, 아무도 사지 않을
나의 시들에게도, 값비싼 포도주가 그렇듯,
제 차례가 오겠지.

1913년

나는 좋아요, 당신의 고통 나 때문이 아니라서

나는 좋아요, 당신의 고통 나 때문이 아니라서.
나는 좋아요, 나의 고통 당신 때문이 아니라서.
육중한 지구가 우리의 발밑에서
절대로 꺼져버리지 않을 거라서.
나는 좋아요, 나 우스꽝스러워지거나
방종해질 수 있고 말장난도 않을 수 있고,
소맷자락 살짝 스쳐도
숨 가쁘게 두근거리며 얼굴 붉히지 않을 수 있어서.

그리고 또 나는 좋아요, 당신이 내 앞에서
태연히 다른 여자 품에 안고,
당신에게 입 맞추지 않은 죄로 지옥불에
탈 거라고, 당신이 나를 저주하지 않아서
내 사랑, 당신이 다정스러운 나의 이름
낮에도 밤에도 헛되이 떠올리지 않아서……
정적 깃든 교회당에서 우리를 위해 사람들이
"할렐루야!" 노래 불러주는 일 없을 거라서.

진심으로 두 손 모아 당신께 감사드려요
당신이 나를──자신도 모르는 채!──
그토록 사랑해줘서. 한밤중의 나의 평온과,
해 질 무렵의 드문 만남과,

달빛 아래 걷지 않는 산책과,
우리 위에 뜨지 않는 태양과,
당신 고통——아아!——나 때문이 아님에,
나의 고통——아아!——당신 때문이 아님에.

1915년

또다시 불 켜진 창[1]

또다시 불 켜진 창
저 집 또다시 잠들지 못하네.
아마도 술을 마시거나
어쩌면 우두커니 앉아 있거나.
아니면 그저 두 사람
서로의 손 꼭 맞잡은 채.
친구여, 집집마다
그렇게 불 켜진 창이 있다네.

만남과 이별의 탄식 울리는
너, 한밤의 창이여!
아마도 백자루 촛불,
어쩌면 단 세자루 촛불……
이토록 나의 생각
안식을 모르네.
우리 집에도
그런 창이 생겼네.

친구여, 기도해다오, 잠 못 드는 집을 위해,
불 켜진 창을 위해!

1916년

---

1 열한편의 시로 이루어진 연작시 「불면증」(Bessonnitsa)의 열번째 시.

절도를 모르는 영혼

절도를 모르는 영혼,
태형을 그리워하는
채찍과 광신의 영혼.
번데기에서 나온 나비처럼
형리를 마중하는 영혼!
더이상 마녀들을 화형시키지 않는
모욕을 참지 못하는 영혼,
타르 먹인 높다란 새끼줄처럼
고행의 거친 옷 아래 연기 피우며……
이를 부드득 가는 이교도 여인,
싸보나롤라²의 누이,
장작불에 태워 마땅한 영혼!

1921년

---

2 지롤라모 싸보나롤라(Girolamo Savonarola, 1452~98). 15세기 후반 이딸리아의 그리스도교 설교가이자 종교개혁가로, 전제군주 및 부패한 성직자들과 맞서 싸우다 화형당했다.

집

찌푸린 눈썹 아래
마치 내 청춘 같은 집
낮은 내 젊음인 양
나를 맞이한다. "나야, 안녕!"

기분의 징표인
이마, 달라붙은 담쟁이의
망또 아래 숨어
더 넓어질까 쑥스러워하네.

그럴 만하여 나는─실으라! 나르라!─
질척이는 진흙탕 속에서 외치며
내게 맡겨진 허물어져가는 집들의
이마를 박공이라 느낀다.

박물관스러운 박공의
아폴론적인 도약은─나 자신의

이마. 거리에서 멀찍이 떨어진 곳에서
나는 딱총나무 가지 같은
시행들 뒤편에서 매일을 마감한다.

온기라곤 전혀 없는 눈동자.
그것은 백오십년간 텅 비어 있던
정원을 백년 동안 응시 중인
오래된 유리의 초록빛.

잠처럼 어둠침침한 유리창
그것의 유일한 법칙은
손님을 기다리지 않기,
행인을 비추지 않기.

당면한 현실에 굴하지 않는
눈동자──그래!──
여전히 스스로의 거울이었다.

찌푸린 눈썹 아래
오, 내 청춘의 초록빛이여!
내 가사袈裟의 그 빛, 내 묵주의 그 빛,
내 두 눈의 그 빛, 내 눈물의 그 빛……

빙 둘러싼 건축물 사이
집──그것은 유물, 집──그것은 대공大公
보리수 사이에 숨어 있는

처녀다운

내 영혼의 은판사진……

1931년

내 충직한 책상이여!³

내 충직한 책상이여!
고맙다, 나와 함께
모든 길 동행해줘서.
너는 나를 상처처럼 보호해주었지.

내 글 나르는 노새여!
고맙다, 무거운 짐 지고도
주저앉지 않고, 몽상의 짐
나르고 또 날라주어.

세상에서 가장 엄중한 거울이여!
고맙다, 그렇게
속된 유혹 가로막는 문지방 되어
온갖 환락 가로질러,

모든 저열함 사절해줘서!
증오의 사자, 모욕의 코끼리—
그 모든 것에 맞서는
견고한 버팀목 돼줘서.

----
3 여섯편의 시로 이루어진 연작시 「책상」(Stol)의 첫번째 시.

산 채로 드러누울 내 죽음의 널판이여!
고맙다, 나와 함께 자라고 또 자라
문필의 작업 이뤄감에 따라
커지고, 넓어져서,

마침내는 놀라서 입을 쩍 벌린 채,
테두리를 부여잡아 볼 만큼……
그토록 너는 넓어져서
바닷가 물결처럼 나를 잠기게 했지!

등불을 간신히 못 박아두고는,
곧이어 쏜살같이 달려나가줘서
고맙다! 길목마다 나를 따라잡았지
도망자를 외통수로 맞닥뜨린

체스의 장군처럼.
　　　　　　　　—제자리로 돌아가!
고맙다, 나를 감시하고
노리고, 덧없는 행복으로부터
멀리 쫓아줘서. 몽유병자를 깨우는

마술사처럼.

전투의 상흔들을
책상은 불타는 단壇처럼 쌓아올렸지.
생생한 자홍빛이여!
내 업적의 단壇이여!

고행자의 탑, 입에 걸린 빗장,
너는 내게 왕좌이자 평원이었고,
유대 민중의 바닷길 비춰준
불기둥과 같았지!

그렇게 너 축복받으라
이마와 팔꿈치, 무릎으로
체감했던, 톱처럼
가슴으로 파고드는 책상의 가장자리여!

1933년

해설

이오시프 브로드스끼(Iosif Brodskii)는 "시인 쯔베따예바와 인간 쯔베따예바는 일치한다. 그녀에게 있어 예술과 존재 간에는 쉼표도, 심지어 이음표도 없다"라고 말한 바 있다. 이 진술은 그녀의 시가 전달하는 감정의 정직함을 강조하고 있다. 쯔베따예바의 시는 무엇보다도 시인이 느낀 감정의 직설적이고 극적인 표현이다. 그녀는 자신의 생각이나 신념마저도 세계와 사물에 대한 감정적 태도에 대입시킨다. 그러한 감정은 대단히 강렬하고 폭발적이어서 "분수에서 물이 솟구치듯/로켓에서 불꽃 쏟아지듯"(「너무 일찍 씌어진 나의 시들」) 분출한다. 따라서 그것은 단순한 감정이 아니라 '열정'인 것이다. 쯔베따예바의 열정은 삶에서 진정으로 가치있는 것에 대한 뜨거운 사랑이자, 그것을 파괴하는 폭력과 재난과 죽음에 대한 지독한 증오와 분노이다. 그녀의 시는 흡사 진실하고 강력한 감정의 힘으로 죽음과 재난으로부터 자아를 지켜내려는 절박한 투쟁처럼 느껴진다. "사랑과 슬픔은 죽음보다 강하다"(「자살」)라는 시행은 그러한 쯔베따예바 시의 특징을 압축적으로 전달해준다.

쯔베따예바의 시에서 감정과 더불어 육박해오는 것은 시인의 자아이다. 그녀의 시에서 뚜렷하게 나타나는 자아중심적 경향은 그 강도나 양상에 있어서 마야꼽스끼(V. Mayakovskii)의 그것에 비견될 만하다. 쯔베따예바의 서정적 자아는 결벽스러울 정도로 자주적이고 독립적이고자 한다. 그녀는 그 누구에 의해서도 통제되거나 길들여지지 않고, 그 무엇에도 예속되지 않는다. 그러는 한편, 쯔베따예바의 서정적 자아는 유달리 모순적이고 변화무쌍하다. 방종하면서도 우아하고, 불손하면서도 수줍음을 타고, 성스러우면서도 사악한 그녀는 "꿈과 훈향 깃든 성당 안으로/작은 악마들처럼 불시에 잠입"하여 "청춘과 죽음을 노래한다."(「너무 일찍 씌어진 나의 시들」) 그녀의 열정은 무모하고 절제를 모르며, 종종 광기와 전횡으로 치닫는다. 그러한 시적 자아는 시인 자신에 의해 "절도를 모르는 영혼"으로 명명된다. 그것은 "태형을 그리워하는/채찍과 광신의 영혼./(⋯)/형리를 마중하는 영혼!/(⋯)/모욕을 참지 못한 영혼"(「절도를 모르는 영혼」)이다. 이때 쯔베따예바가 자신의 자아를 '영혼'이라고 부르는 것에 주목할 필요가 있다. 그것은 살아생전 시인을 철저히 배반했던 물질에 대한 완강한 부정의식을 내포하고 있기 때문이다. 그녀는 세속적인 부(富)에서부터 자신의 고유한 육신까지 물질적인 것은 전부 부정하는 경향을 보인다. 그리하여 시적 자아는 사지(四肢) 대신 '나비'(혹은 천사)의 '날개'를 단 '영혼'으로 화한다.

어머니의 죽음이라는 자전적 사건이 투영된 초기작 「자살」에서 엿보이듯이, 쯔베따예바는 자신의 시를 통해서 개인적이고 시대적인 비극적 사건들을 '실낙원'의 비극적 신화로 재구성한다. 그 과정 속에서 수많은 문학적 상징들과 주제들, 일상적 디테일들이 도입되지만 결국 그 모든 것은 서정적 자아를 표현하는 데 오롯이 바쳐진다. 가령 「집」에서 허물어져가는 집과 그것의 '박공'과 '창문'은 나의 '청춘'과 나의 '이마'와 나의 '눈동자'의 알레고리이다. 더 나아가서 집은 나의 분신이며 나와 한 몸이다. 그렇게 '나'는 주변의 사물들에 투사되고 스며듦으로써 모든 것을 나의 연장이자 일부이게끔 만든다. 마지막 시 「내 충직한 책상이여!」에서 '책상' 역시 나의 분신이다. 그런데 그것은 '노새'에서 '거울'로, '문지방'에서 '죽음의 널판'으로, '바닷가 물결'에서 '체스의 장군'으로 '고행자의 탑'에서 '불기둥'으로 변신한다. 이 모든 이질적이고 산발적인 예측 불허의 연쇄적 이미지들은 세계를 향해 확산되어가는 시적 자아를 형상화한다. 바꿔 말하면 그 모든 것을 시인은 자기 속에 포용하는 것이다.

방종하고 절도를 모르는 시인의 독자적인 영혼은 그에 상응하는 언어적 파격을 감행한다. 쯔베따예바의 시는 시적 발화의 관례를 종종 곤혹스러울 정도로 무시한다. 시행의 잦은 '넘김'과 이음표(—)의 빈번한 사용, 이질적인 발화의 느닷없는 삽입, 신조어와 외래어의 과감한 도입, 예기치 못한 연상들은 대단히 독창적이고 전위적인 시 텍스트를 구축한다. 따라서 쯔베따예바의 시를 읽는 것은 시인 못지않은 도발적인 상상력을 요구한다.

쎄르게이 알렉산드로비치 예세닌
(Sergei Aleksandrovich Esenin, 1895~1925) ─────────

쎄르게이 알렉산드로비치 예세닌은 1895년 10월 3일 랴잔 주의 시골마을에서 농민의 아들로 태어났다. 농민의 후손이라는 그의 태생은 훗날 시인으로서의 자의식 형성에 중요하게 작용하게 된다. 어린 예세닌은 독실한 구교도 신자인 외조부모 슬하에서 러시아 민중의 삶속에 뿌리내린 정교의 전통과 이교적 풍습을 일상적으로 체감하며 유년기를 보낸다.

열여섯살 때부터 시를 쓰기 시작한 그는 1912년에 지방의 교원양성학교를 졸업한 후 시인들을 만나기 위해 무작정 모스끄바로 향한다. 모스끄바에서 정육점, 인쇄소, 출판사 등에서 일하면서 노동자·농민 출신 시인들의 모임인 '쑤리꼬프(I. Surikov) 문학-음악 써클' 활동에 참여하다가 1914년 아동잡지에 시「자작나무」(Bereza)를 발표하며 시인으로 데뷔한다.

1915년 예세닌은 시창작에 대한 결의를 새롭게 다지면서 당시 수도인 뻬뜨로그라드(구 뻬쩨르부르그)로 간다. 그를 맨 처음 맞이해준 이는 시인 알렉산드르 블로끄였다. 그의 추천으로 문인 및 출판업자와 연을 맺은 예세닌은 수도의 주요 잡지에 시를 발표할 수 있게 된다. 또한 그는 농민 출신의 중견 시인 니꼴라이 끌류예프(Nikolai Klyuev)와 사제지간의 연을 맺는다. 이후 1917년 봄까지 스승과 제자는 그들 주변에 형성된 '새로운 농민시' 그룹과 어울리며 문학적 행보를 같이한다.

1916년 예세닌은 첫 시집 『초혼제』(Radunitsa)를 발간한다. 러시아 농촌의 세태와 자연을 민요적 선율로 노래한 이 시집을 통해서 그는 '농민시'의 대표주자로서 명성을 얻는다. 그해 황후의 초청을 받고 황실 가족들 앞에서 시를 낭송하기도 한다. 1917년 볼셰비끼 혁명을 종교적이고 도덕적인 관점에서 받아들였던 그는 혁명을 통해 농민의 낙원이 실현되고 정신의 일대 혁신이 일어나리라고 믿었다. 혁명기에 그는 「이노니야」(Inoniya)를 비롯한 십여편의 장시를 집필한다. 그리스도교적 메시아주의와 유토피아적 미래에 대한 예언적 파토스가 이 시기의 창작을 지배한다.

1918년에 모스끄바로 거처를 옮긴 예세닌은 아나똘리 마리엔고프(Anatolii Mariengof)가 주도하는 이미지즘(imazhinizm) 운동에 뛰어든다. 이미지스트들과의 긴밀한 유대는 1921년까지 지속된다. 그들과 어울리면서 예세닌은 온갖 문학적 기행(奇行)을 일삼는다. 당시 그는 자타가 공인하는 러시아 최고의 시인이었지만, 그의 내면은 현실에 대한 환멸과 우울과 고독에 의해 잠식당하고 있었다. 그 무렵 시작된 우울증과 알코올중독은 생애 마지막까지 그를 놓아주지 않았다. 이 시기 그의 창작은 사회주의 조국의 건설과정에서 사라져가는 '루시'[1]에 대한 비극적 정조와 '불량배'로 분한 서정적 자아의 형상을 특징으로 한다.

1921년 예세닌은 쏘비에뜨 정부의 초청으로 러시아를 방문한 전위 무용수 이사도라 덩컨과 요란한 애정행각을 벌이고는, 이듬해 1922년 열일곱살 연상인 그녀와 공식적으로 결혼한다. 결혼 후 수개월에 걸친 해외여행 끝에 덩컨과의 관계는 파국을 맞이한다. 그녀와의 관계 전후에도 예세닌은 몇차례 결혼을 하였으나 모두 다 파경으로 끝을 맺는다.

1924년 한해를 예세닌은 깝까스 지역을 비롯하여 쏘비에뜨 전역을 순례하며 보낸다. 생애 마지막 해에 극심한 우울증과 알코올중독 증세를 보이던 예세닌은 1925년 12월 레닌그라드(구 뻬쩨르부르그)로 홀연히 떠난다. 12월 27일 레닌그라드의 어느 호텔방에서 그는 피로 쓴 유고를 남긴 채 목을 매 자살한다. 말년의 주요 작품들은 시집 『선술집의 모스끄바』(*Moskva kabatskaya*, 1924)와 『페르시아 모티프』(*Persidskie motivy*, 1925)에 수록되어 있다.

---

1 러시아의 옛 이름.

어이, 루시여, 내 고향이여

어이, 루시여, 내 고향이여,
오두막은 성상聖像처럼 가사袈裟를 걸쳤구나……
끝도 없이 아득하여
푸른 빛깔만 두 눈에 사무친다.

타관에서 온 순례자인 양
나는 너의 들판을 바라본다.
나지막한 울타리 곁에는
찰랑대는 백양나무 초췌하다.

사과향 꿀향기 은은하고
교회마다 너의 온화한 구세주 성화聖畵.
원무圓舞 저편에는
초원에서 울리는 흥겨운 춤 소리.

초록빛 이랑들의 주름진 솔기 따라
나는 광활한 대지를 내달리련다.
처녀들의 웃음소리 나를 맞이하며
귀고리들처럼 찰랑거리겠지.

"루시를 버리고 낙원에서 살아라!"—
만일 그 옛날 성스러운 군대가 외친다면,

나는 말하리. "낙원은 필요 없으니
내 고향을 주시오."

1914년

사랑스러운 땅이여! 가슴은

사랑스러운 땅이여! 가슴은
강물에 젖은 태양의 낟가리를 꿈꾼다.
나는 너의 웅성거리는
녹음 속에 묻히고 싶다.

밭둑과 건초더미 따라 줄지어 선
물푸레나무와 토끼풀 승복.
버드나무는 온순한 여수도승처럼
낭랑하게 묵주를 찰랑인다.

늪이 피우는 구름담배
하늘에 널리 퍼진 탄 내음.
나는 누군가를 위한 은밀한 생각을
가슴속에 꼭꼭 숨겼다.

모든 걸 환영하고, 모든 걸 받아들이겠다.
내 마음 괴롭고 애타니 기쁘고 행복하구나.
내가 이 땅에 온 까닭은
오히려 이 땅을 버리고자 함이니.

1914년

개에 관한 노래

아침녘 호밀짚 개집 속에
보리수 거적 가지런히 빛나는데
암캐가 새끼 일곱마리를 낳았네,
밤색 털의 일곱마리 새끼를.

저녁이 되도록 새끼를 어루만지고
혀로 핥아서 털을 고르니
개의 따스한 배 밑에
눈이 녹아 졸졸 흘렀네.

저녁에 닭들이
홰에 올라앉을 무렵
인상 험악한 주인이 나와
일곱 새끼를 몽땅 자루에 담았네.

개가 제 새끼들 바짝 쫓아
눈길 위로 내달리니……
얼지 않은 수면이
오래오래 떨렸네.

옆구리의 식은땀 핥으며
터벅터벅 간신히 집으로 돌아오니

오두막 위로 떠오른 달이
한마리 새끼처럼 보였네.

구슬피 목놓아 울부짖으며
푸른 하늘 쳐다보니,
가녀린 초승달 미끄러져
들녘 언덕 너머로 숨어버렸네.

사람들이 장난 삼아 돌을 던질 때면
먹이를 외면하듯
개의 두 눈동자 휑뎅그렁
금빛 별처럼 눈 속을 굴렀네.

1915년

고향땅에서 사는 데 지친 나는

고향땅에서 사는 데 지친 나는.
광활한 메밀밭 그리워
내 오두막 내던지고
부랑자 도둑인 양 떠나리.

한낮의 뭉게구름 따라서
초라한 거처 찾아나서리.
사랑하는 벗은 나를 노리고
장화 목에 칼을 갈겠지.

봄날 초원의 햇빛이
누런 황톳길에 감도는데
그 이름 나에게 소중한 그녀는
문턱에서 나를 쫓아내리.

다시 고향집으로 돌아온 나는
타인의 기쁨으로 스스로를 위로하며
녹음 우거진 저녁 창틀 아래
내 옷소매로 목을 매리.

바자울 곁 잿빛 버드나무들
다정하기 그지없이 고개 숙이리.

씻기지 않은 채로 나는
개 짖는 소리 아래 땅에 묻히리.

달은 호수 속에 노를 빠뜨린 채
하염없이 떠다니리……
루시 또한 여전히 그렇게 살아가리,
울타리 곁에서 춤추고 울면서.

1915년

숲의 짙은 머리채 너머

숲의 짙은 머리채 너머
고요하고 푸른 공간 속에
곱슬털 새끼양 같은 달이
하늘색 초원을 산책한다.

억새풀 무성한 잔잔한 호수에
초승달이 제 뿔을 박고
저 멀리 오솔길에서 흘러온 듯
물결이 기슭을 적신다.

초원은 초록 휘장 아래
귀룽나무꽃으로 향을 피우고
골짜기 뒤편 비탈 위로
새빨간 노을이 휘감긴다.

오, 나래새 풀숲이여,
너 평탄하여 내 맘에 친근하다.
너의 무성함 속에
늪지의 우수가 어려 있구나.

너도 나처럼 구슬픈 성찬식에
누가 네 친구이고 적인지 잊은 채

진홍빛 하늘과
비둘기 구름 그리워하는구나.

이윽고 푸르른 지평선 위로
조심스레 너에게 드러나는 어둠,
너의 시베리아 족쇄,
우랄 산맥의 굽은 등.

                                        1916년

조각된 목조 영구차 노래하고

조각된 목조 영구차 노래하고
평원과 관목림들 내달린다.
또다시 길가에는 작은 예배당
추도식의 십자가 행렬.

귀리향 가득한 산들바람에
나 또다시 훈훈한 애수를 앓고
석회 바른 종루 향해
손이 저절로 성호를 긋는다.

오, 루시여, 산딸기밭과
강물에 비친 푸른 창공이여,
호수에 어린 너의 우수를
나 기쁘고도 아프도록 사랑한다.

차디찬 비애 측량할 길 없구나,
안개 자욱한 기슭에 너 있으니.
너를 사랑하지도, 믿지도 않는 법
나 도저히 배울 수가 없다.

나 이 족쇄를 되물리지도 않고,
오랜 꿈과도 헤어지지 않겠다.

기도문 같은 나래새 풀잎 소리
고향의 초원에 윙윙 울릴 때.

1916년

나는 마지막 농촌 시인

마리엔고프[2]에게

나는 마지막 농촌 시인,
내 노래 속 널다리 소박하네.
잎새로 향 피우며 추도미사 올리는
자작나무들 뒤에 나 서 있네.

촛불은 제 살 같은 밀랍으로
금빛 불꽃을 모두 불사르고,
무표정한 달시계는
목쉰 소리로 나의 자정을 알리리.

푸른 들판의 오솔길로
곧 철의 불청객 출두하여
노을빛에 물든 귀리 알곡을
검은 손아귀로 거두어가리.

생기 없는, 낯선 손이여,
네 곁에서 이 노래 살 수가 없다!
곡식 이삭만 옛 주인을 애통해하며
말처럼 구슬프게 흐느끼리.

---

2 아나똘리 마리엔고프(Anatolii Mariengof, 1897~1962). 러시아의 시인, 희곡 및 회
상록 작가로서 예세닌이 가담했던 이미지즘 운동의 주창자였다.

바람이 추도의 춤을 추며
그들의 울부짖음 휩쓸어 올리리.
곧, 이제 곧, 무표정한 시계는
목쉰 소리로 나의 자정을 알리리!

1920년

어머니께 보내는 편지

나의 노모여, 여전히 살아 계시겠죠?
나 또한 살아 있어요. 문안인사 올립니다!
당신의 오두막 위에
저 형언할 수 없는 저녁 빛이 흐르기를.

사람들 왈, 당신은 불안을 감추며
나 때문에 몹시 슬퍼하고,
구닥다리 부인복 차림으로
자주 길가에 나가보신다고요.

또한 저녁의 푸른 안개 속에서
당신은 종종 똑같은 환영을 보신다죠.
누군가가 술집에서 드잡이하던 중
핀란드 칼을 내 심장에 내리꽂는 모습을.

괜찮아요, 어머니! 안심하셔요.
그건 단지 괴로운 망상일 뿐.
나는 정말이지, 당신을 못 보고 죽을 만큼
지독한 주정뱅이가 아니랍니다.

예전과 똑같이 다정한 내가
꿈꾸는 것은 오직 한가지,
격정의 우수에서 어서 빨리 벗어나

나지막한 우리 집으로 돌아가는 것.

나 돌아갈 거예요, 우리 집 하얀 정원이
봄날처럼 나뭇가지들 넓게 펼칠 때.
다만, 부디 팔년 전처럼
새벽에 나를 깨우지는 마셔요.

예전에 꿈꾸었던 것 일깨우지 마시고,
이루지 못한 것 생각나게 하지 마셔요.
나는 인생에서 너무도 일찍
상실과 피로를 맛보아야 했으니까요.

나에게 기도하는 법 가르치지 마셔요. 제발!
더이상 옛날로 돌아갈 수는 없어요.
오직 당신만이 나에게 도움이자 기쁨이고,
오직 당신만이 나에게 형언할 수 없는 빛이죠.

그러니까 불안 따위는 잊어버리고,
나 때문에 그렇게 슬퍼하지 마셔요.
구닥다리 부인복 차림으로
그토록 자주 길가에 나가보지 마셔요.

1924년

빛나라, 나의 별이여, 떨어지지 말고

빛나라, 나의 별이여, 떨어지지 말고,
차가운 빛줄기를 흘려보내어라.
과연 묘지의 울타리 너머에는
심장이 살아서 뛰지 않는구나.

팔월과 호밀의 빛으로 반짝이는 너는
정적이 깔린 너른 들판을
떠날 줄 모르는 학들의
떨리는 흐느낌으로 가득 채우는구나.

고개를 높이 쳐든 나에게
저 숲 너머 혹은 언덕 너머에서
또다시 누군가의 노래가 들려오는구나
고향땅과 고향집의 노래가.

금빛으로 물들어가는 가을은
자작나무 수액을 줄여가며,
사랑받았거나 버림받은 모든 이들을 위해서
모래 위에 잎사귀 떨구며 울고 있구나.

알고 있다, 알고 있어, 머지않아, 곧
내 탓도 누구의 탓도 아닌 채로

장지葬地의 낮은 울타리 아래
나 역시 그렇게 누워야 하리.

다정했던 불꽃 사그라지고
심장은 유해로 변하리.
친구들은 잿빛 비석을 세우고
유쾌한 비문을 운문으로 새겨놓겠지.

그러나 나는 장례의 슬픔에 귀 기울이며
나 자신을 위해서 이렇게 지으리.
"술꾼이 선술집을 좋아하듯이
그는 조국과 대지를 사랑했노라."

1925년

안녕, 내 친구여, 잘 있게나

안녕, 내 친구여, 잘 있게나.
사랑스러운 벗이여, 너는 내 가슴속에 있네.
예정된 이별은
먼 훗날 만남을 약속한다네.

안녕, 내 친구여, 악수도 당부의 말도 접고,
슬퍼도 말고, 애달픈 표정도 짓지 말게나.
이승에서 죽는 건 새삼스러울 거 없는 일.
그러나 물론, 사는 것 또한 새로울 거 없지.

1925년

모더니즘의 격랑에 휩쓸리면서도 러시아의 토속적인 풍경과 정조를 전통적인 양식으로 노래한 예세닌에게는 '농촌 시인'이라는 호칭이 늘 따라붙는다. 그러나 세상 전체가 혁신을 향해 맹목적으로 돌진하던 20세기 초엽의 정황을 염두에 둘 때 그러한 호칭은 몹시 착오적으로 들린다. 사실 예세닌은 집요하게 농촌과 고향을 노래했지만, 애초부터 그 노래는 실향의 깊은 상처에서 울려나온 것이었다. 농촌에 대한 그의 지극한 애정의 밑바탕에는 지독한 실향민 의식과 이방인 의식이 눈물처럼 고여 있으며 그의 농촌시에 그토록 짙은 애수가 배어 있는 연유도 이로부터 비롯한다. 역설적이게도 그는 농촌을 떠나고 고향을 상실하게 되면서 농촌 시인이 되었다. '혁명'과 '건설'의 시대에 농촌 시인이 타고난 운명은 농촌 자체가 처하게 되는 운명과 마찬가지로 비극적이었다.

예세닌의 시에 구현된 러시아 농촌은 '고향' 혹은 '루시'로 명명되는 낭만적으로 신화화된 공간이다. '고향-루시'의 신화를 구성하는 주된 요소는 러시아의 자연과 정교의 전통이다. 루시·자연·정교, 이 삼자(三者)는 예세닌의 시 속에서 삼위일체를 이룬다. 그것들은 동일한 본질의 서로 다른 위격이다. 일례로 "어이, 루시여, 내 고향이여,/오두막은 성상(聖像)처럼 가사(袈裟)를 걸쳤구나……/끝도 없이 아득하여/푸른 빛깔만 두 눈에 사무친다."(「어이, 루시여, 내 고향이여」)라는 시행을 보자. 여기 묘사된 풍광에 '루시'의 정체성을 부여하는 핵심 이미지는 '성상' '가사'와 '광활하고 푸른 대지'이다. 이때 성상이나 가사는 루시의 성스러움을 강조하는 데 그치지 않는다. 그것들은 루시의 실체 또는 본질을 표상한다. 말하자면 이 시행을 통해서 루시 자체가 푸른 가사를 걸치고 광활한 대지를 순례하는 성자(聖者)로 화하는 것이다. "밭둑과 건초더미 따라 줄지어 선/물푸레나무와 토끼풀 승복./버드나무는 온순한 여수도승처럼/낭랑하게 묵주를 찰랑인다."(「사랑스러운 땅이여! 가슴은」)라는 시행 역시 같은 방식으로 읽을 수 있다. 여기서 '승복' '여수도승' '묵주'는 단지 메타포가 아니다. 그들은 '물푸레나무'나 '버드나무'와 동등한 존재론적 위상을 지닌다. 요컨대 이 시에서 종교적 요소들은 자연의 분신 혹은 변신(metamorphosis)인 것이다.

아이러니하게도 고향을 노래한 시 속에서 정작 시인 자신은 '타관에서 온 순례자' 혹은 고향을 떠나 타지를 헤매는 '부랑자'로 그려진다. 그러한 자기규정은 신화로만 존재할 뿐 실제로는 부재하거나 혹은 소멸해가는 고향에 대한 상실감을 반영한다. 더불어 '부랑자'와 '순례자'의 형상은 시인의 개인사적 운명을 암시하기도 한다. 그가 끝내 뿌리내리지 못했던 '가족' '집' '문단' '조국'은 모두 그가 노래한 '고향'의 범주에 속한다고 볼 수 있다. 더 나아가 시인은 자신의 당대에 귀속될 수 없었던 시대의 부랑아였다.

「나는 마지막 농촌 시인」은 소멸되어가는 '고향-농촌'과, 시대에 뿌리내리지 못하는 시인의 운명을 첨예하게 다룬 시로서 이 작품을 기점으로 예세닌 시의 어조는 비관과 비탄으로 급속히 기운다. "무표정한 달시계는/목쉰 소리로 나의 자정을 알리리."라는 진술은 자연·종교·사람이 일체가 되는 루시의 신화와 그에 관한 시인의 노래에 가해지는 사형선고일 따름이다. '철의 불청객'에 비유되는 시대는 예세닌의 목가적 세계와 정면으로 대립한다. '철'이 상징하는 비정한 도시문명, 쏘비에뜨식 현대는 '마지막 농촌 시인'에게 무서운 형리처럼 '출두'한다.

「어머니께 보내는 편지」에서 보듯이 시인은 시대가 부추기는 광포한 우울에서 벗어나 고향의 품에 안기고 싶었지만, 귀향이라는 것은 이제 시적 상상 속에서도 실현되기 어려운 것이 되고 만다. 이어지는 「빛나라, 나의 별이여, 떨어지지 말고」와 「안녕, 내 친구여, 잘 있게나」는 사실상 예세닌의 유언이나 다름없다. 마지막 시 「안녕, 내 친구여, 잘 있게나」는 자살 당일에 남긴 유고시이다. 이 짧은 시에 대한 응답으로 훗날 그 역시 스스로 목숨을 끊는 마야꼽스끼는 "이승에서 죽는 것은 별로 어렵지 않네, 사는 게 훨씬 어렵지"라는 유명한 시구를 남긴다.

벨리미르 흘레브니꼬프(Velimir Khlebnikov, 1885~1922)

벨리미르(본명은 빅또르 블라지미로비치) 흘레브니꼬프는 1885년 11월 9일 유목민들의 숙영지였던 아스뜨라한 주의 초원지대에서 태어났다. 조류학자이자 임학자인 아버지의 영향으로 어린 시절부터 자연과학에 대한 호기심이 왕성했고, 예술적 감수성과 창의력도 남달랐다. 초원지대에서 유년기를 보낸 후 까잔에서 성장했으며, 대학시절인 1908년에 배움의 터전을 뻬쩨르부르그로 옮긴다. 까잔 대학과 뻬쩨르부르그 대학에서 자연과학과 슬라브학을 전공했으며, 일본어·철학·문학·음악·회화에도 두루 관심을 보였다.

1909년에 자연과학 공부를 그만두고 문학을 평생의 업으로 선택한 흘레브니꼬프는 상징주의자들의 문하생이 되어 습작기를 보낸다. 당시 시인 뱌체슬라프 이바노프(Vyacheslav Ivanov)의 '탑'(그의 아파트의 별칭)에서 이루어지던 뻬쩨르부르그 예술인들의 모임이 그의 창작학교가 되어주었다. 독특한 개성과 천재적인 발상으로 문인들의 주목을 받던 그는 주위 사람들의 권유로 '거대한 세계'라는 뜻의 남슬라브어 '벨리미르'로 개명한다.

1910년에 흘레브니꼬프는 바실리 까멘스끼(Vasilii Kamenskii), 부를류끄 형제(David Burlyuk, Nikolai Burlyuk) 등과 함께 미래주의(futurizm) 운동의 모태가 되는 '원시림'(Gileia)[1] 그룹을 결성한다. 1910년도부터 발간된 미래파 문집 『판관들의 새장』(Sadok sudei) I, II, 『죽은 달』(Dokhlaya luna)에 그는 여러편의 자작시들을 싣는다. 1912년에 그는 우끄라이나 헤르손에서 첫 시집 『스승과 제자』(Uchitel' i uchenik)를 출간한다. 1914년에는 『랴프! 장갑』(Ryav! Perchatki)을 비롯한 시선집 세권이 한꺼번에 출간되는데 이는 자의보다는 다비드 부를류끄의 기획에 의한 것이었다. 원시림 그룹이 사실상 해체되던 1915년에 흘레브니꼬프는 '지구의장협회'라는 명칭의 전세계적 조직을 결성하여 '공간의 국가'를 대체할 '시간의 국가'를 건설하겠다는 유토피아적 기획

---

1 '원시림'(Gileia)은 끄림 반도 근처 스텝 지역의 고대 스끼따이식 명칭이다. 미래주의자들의 모임이 이루어진 부를류끄 집안의 영지가 그 근방에 있었다.

에 몰두하기 시작한다.

혁명과 내전 시기에 그는 전국을 떠돌며 신문사와 로스따(ROSTA, 러시아 전신국) 지부에서 일하면서 시를 쓴다. 유토피아적 미래상을 그린 장편 서사시 「라도미르」(Ladomir)와 내전을 묘사한 「쥐덫에 걸린 전쟁」(Voina v myshlovke)을 비롯한 수많은 독창적인 작품들이 이 시기에 쓰어진다. 1921년에는 반정부 시위가 벌어진 이란에 소련군이 출정할 때 연사(演士)의 자격으로 합류하기도 한다.

1921년 흘레브니꼬프는 오랜 방랑 끝에 병색이 완연한 채로 모스끄바로 귀환한다. 그러나 귀환 후에도 창작과 탐구에 대한 그의 열의는 식을 줄 몰랐다. 1905년부터 줄곧 시간의 법칙을 탐구해온 그는 역사발전의 법칙을 수학적으로 규명하고자 했으며, 그러한 노력은 미완의 저서 『운명의 판』(Doski sud'by)으로 집대성된다. 죽음을 앞두고 그는 자신이 고안한 '초(超)이야기' 장르에 속하는 「잔게지」(Zangezi)를 쓰고 '초이성어'의 일종이자 만국공통어인 이른바 '별의 언어'를 창조하는 데 골몰한다. 오직 그 자신만이 그 내용과 취지를 이해했던 원대한 계획들을 못다 이룬 채, 흘레브니꼬프는 1922년 6월 28일 노브고로드 주의 시골마을에서 심한 열병으로 사망한다.

자루에서

자루에서
물건들이 바닥으로 쏟아졌다.
내 생각에,
세계는
목매달린 자의 입에서
희미하게 번지는
웃음일 뿐.

1908년

보베오비 입술을 노래했고

보베오비 입술을 노래했고,
베에오미 시선을 노래했고,
삐에에오 눈썹을 노래했고,
리에에에이—윤곽을 노래했고,
그지-그지-그제오 금줄을 노래했다.
이렇게 어느 상응의 캔버스에는
시공을 초월하여 얼굴이 살아 있었다.

1908~1909년

우리는 온화한 신처럼 이곳에 오곤 했지

우리는 온화한 신처럼 이곳에 오곤 했지,
세계보다 더 고색창연한
월계관을 쓰고서.
달빛의 성에가
늙수레한 머리도, 꼬장꼬장한 다리도
한덩어리 우상으로 주조해버렸지.
이제 우리는 파란 눈의 오만한 야만인이 되어
떼 지어 몰려왔다.
우리는 속삭인다. "어서, 빨리, 서둘러!"
유혈의 역병 속에서 마침내 이국異國은 몰락하리.
곤봉과 육익봉²으로 무장하고
몸에 살쾡이 가죽을 쓰고
용맹스러운 산 위에서 외치는 함성
우리를 자유의 정상으로 데려가리.

1911년

---

2 철퇴의 일종으로 머리 부분이 여섯개의 날개 모양을 하고 있다. 한때 러시아 군
주의 권표이기도 했다.

말이 죽어갈 때는

말이 죽어갈 때는──헐떡이고
풀이 죽어갈 때는──말라가고
태양이 죽어갈 때는──꺼져가고
사람이 죽어갈 때는──노래한다.

1912년

숫자들

나는 너희를 자세히 들여다본다, 오, 숫자들아,
내 눈에 너희들은 짐승의 털가죽을 쓰고서
뿌리 뽑힌 참나무에 팔꿈치로 기대고 있는 것만 같다.
너희들은 우주의 등줄기의 뱀 같은 꿈틀거림과
잠자리의 원무圓舞 사이에 통일성을 부여하고
세기世紀란 껄껄 웃다 순간 드러난 이빨 같은 것임을 깨닫게 해주
는구나.
나의 동공은 지금 예언처럼 활짝 열렸다,
나의 피제수가 1일 때, 내가 무엇이 될는지, 알아내기 위하여.

1911, 1914년

한밤중의 영지여, 칭기즈칸하라!

한밤중의 영지여, 칭기즈칸하라!
푸르른 자작나무여, 웅성거려라.
저녁노을이여, 자라투스트라하라!
푸르른 하늘이여, 모차르트하라!
그리고 구름의 황혼이여, 고야가 되어라!
한밤중에 너 구름이여, 롭스[3]하라!
째지는 웃음소리 발톱처럼 세우고
웃음의 회오리바람 날아가버렸을 때,
그제야 형리를 본 나는
밤의 적막을 대담하게 둘러보았다.
나는 용감한 얼굴의 당신들을 불러냈고,
물의 정령들을 강물에서 건져올렸다.
"그들의 물망초는 비명소리보다 우렁차오."
밤의 돛단배에게 나는 말했다.
지축이 일주야를 더 펄럭이더니,
거대한 밤이 다가온다.
한밤중에 폭포수에서 헤엄치는
연어 아가씨[4]를 나는 꿈속에서 보았다.

------

3 펠리시앵 롭스(Félicien Rops, 1833~98). 벨기에의 화가. 모더니즘과 상징주의 운
동을 주도했다.
4 핀란드 각지에서 전승되던 민담, 전설, 민요 등을 집대성한 뢴로트(E. Lönnrot)의
서사시 『칼레발라』(*Kalevala*, 1835, 1849)에 나오는 형상.

소나무들은 폭풍에 의해 마마이[5] 되고,
바투[6]의 먹구름은 몰려가고,
말ᵀᵀ들, 침묵의 카인들은 전진하여라.
그리고 저 성스러운 말들은 영락해간다.
푸른 옷의 하스드루발[7]은 친위대를 거느리고
돌투성이 무도회를 향해 고난의 행군을 하였다.

1915년

---

5 14세기 남부 우끄라이나 지역에서 활동했던 킵차크한국의 군사령관. 1380년 러
시아 꿀리꼬보 언덕에서 벌어진 전투에서 드미뜨리 돈스꼬이가 이끄는 러시아
군에 대패했다.
6 13세기 무렵 활동했던 킵차크한국의 제1대 군주. 칭기즈칸의 손자이다.
7 기원전 3세기 카르타고의 장군으로 명장 한니발의 동생이다. 형을 돕기 위해 군
사들을 이끌고 알프스 산맥을 넘어 이딸리아로 가던 중 급습한 로마군과 싸우다
전사했다.

나와 러시아

러시아는 수백만 사람들에게 자유를 주었네.
장한 일이로세! 이는 오래도록 기억되리.
한편, 나는 셔츠를 벗었네.
그러자 내 머리카락의 그 모든 거울로 된 마천루와
몸뚱어리 도시의
모든 틈새가
양탄자와 붉은 천들을 내걸었네.
나—국가의
남녀 시민들이
수천개의 창문 달린 곱슬머리 창가에 운집했네.
올가들과 이고리들,[8]
자진해서
태양을 기뻐하며 피부를 통해 바라보았네.
셔츠의 감옥이 무너졌네!
그런데 나는 그저 셔츠를 벗었을 뿐.
나는 나의 민중에게 태양을 주었네!
바다 곁에 벌거벗은 채 서 있었네.
그렇게 나는 민중에게 자유를 주었네.
햇볕에 그을린 군중에게.

1921년

---

8 올가와 이고리는 러시아 민중 전체를 나타내는 제유적 이미지로서, 10세기 끼예
프 공국의 공후 이고리와 그의 아내 올가를 그 원형으로 간주할 수 있다.

이란의 노래[9]

이란을 흐르는 강물 따라,
그 푸른 물줄기 따라,
깊이 박힌 말뚝 따라,
물내음 향긋한 강 언저리에서
괴짜 두 사람 거닐면서
총으로 농어를 잡고 있네.
물고기 이마를 겨누면서,
꼼짝 마라, 귀여운 놈, 가만!
그렇게 거닐면서 중얼거리네.
내 기억이 틀림없을 거라 나는 믿네.
그들은 생선국을 끓이고 또 끓이네.
"에잇, 사는 게 참 공허하구면."
구름의 용감한 동료인
비행기가 하늘을 날고 있네.
비행기의 아내,
마법의 식탁보[10]는 대체 어디 있나?
우연히 늦는 걸까,
아니면 감옥 속으로 가라앉았나?

---

9 1921년 흘레브니꼬프가 이란의 혁명운동을 지원하기 위해 파병된 '붉은군대'와
   함께 이란 현지에 체류했을 때 쓴 시. 근동의 역사와 신화를 모티프로 삼는 '이
   란 연작시'의 한편이다.
10 펴놓기만 하면 생각한 대로 음식이 차려진다는 러시아와 북유럽의 동화에 나오
    는 식탁보.

나는 미래를 내다보며 동화 속 얘기를 믿네.
동화는 실화가 될 거라는 것,
하지만 차례가 오면,
내 육신은 티끌이 될 거라는 것.
이윽고 군중이 환호하며
한 무더기 깃발을 치켜들고 갈 때,
흙으로 다져진 나, 다시 깨어나,
유해가 된 두개골로 그리워하리.
혹은 자신의 모든 권리를
미래의 화로火爐 속에 던져넣을지도?
어이, 초원의 풀들아, 검게 변해라,
강물아, 영원히 돌처럼 굳어버려라!

1921년

고독한 배우[11]

짜르스꼬예셀로[12] 위로

아흐마또바의 노래와 눈물이 쏟아질 때,[13]

나는 마법사의 실타래를 풀면서

잠에 취한 시체처럼 느릿느릿 황야를 걸었네.

불가능이 소멸해가던 그곳에서

지친 배우는

무턱대고 걸었네.

그러는 사이 어두운 동굴 속

지하의 곱슬머리 황소[14]는

파렴치한 위협의 연기 속에서

피를 쩝쩝 다시며 사람들을 먹어치웠네.

달빛의 자유를

취침용 망또처럼 두른 밤의 방랑자는

꿈속에서 낭떠러지 위에서 펄쩍 뛰어

절벽에서 절벽으로 옮겨다녔네.

---

11 이 시의 제목인 러시아어 '리쩨제이'(litsedei)는 '배우'라는 뜻 외에 '위선자' 혹은 '거짓말쟁이'라는 뜻을 지닌다. 이러한 중의적 제목을 통해서 시인은 자기 자신에 대한 아이러니를 표현하고자 했던 것으로 보인다.

12 뻬쩨르부르그 근교의 도시. 뿌시낀과 아흐마또바가 소년기를 보낸 곳으로 잘 알려져 있다.

13 아흐마또바의 남편이었던 시인 구밀료프가 볼셰비끼에 의해 총살당했을 때의 정황을 지시한다.

14 그리스 신화에 나오는 미궁 속의 괴물 미노타우로스 형상의 변용. 곱슬머리는 시인 뿌시낀을 가리키는 이미지이다.

나, 눈먼 맹인은 걸었네,
자유의 바람이 나를 부추기며
세찬 빗줄기로 후려치는 한.
이윽고 나는 억센 살과 뼈에서 황소의 머리를 쳐내어
벽 앞에 세워놓았네.
진리의 무사로서 나는 그것을 세상을 향해 높이 흔들었네.
"보라, 여기 있노라!
예전에 군중을 열광케 했던 바로 그 곱슬머리가 여기 있노라!"
이윽고 나는 경악하며
깨달았네, 아무에게도 나 보이지 않는다는 것을,
눈알의 씨를 뿌려야 한다[15]는 것을,
눈알의 씨를 뿌리는 자는 길을 가야 한다는 것을!

1921~22년

---

15 복음서에 나오는 '씨를 뿌리는 자'의 비유에서 따온 표현.

다시, 또다시

다시, 또다시
나는 당신에게
별이어라.
자신의 배와 별의
각도를 잘못 잡은
뱃사람에게 고통 있으리.
그는 물 밑 암초에
부딪혀 난파되리.
나를 향해 심장의 각도를 잡은
당신들에게도 고통 있으리.
당신들은 암초에 부딪혀 산산조각 나리.
그리고 암초는 당신들을
비웃으리.
당신들이 나를
비웃은 것처럼.

1922년

해설

흘레브니꼬프의 시는 러시아 현대시 중에서 특히 난해하기로 유명하다. 그 까닭은 무엇보다도 시어 자체에서 비롯된다. 흘레브니꼬프는 일반적으로 쓰이는 자연어가 아닌 '새로운 언어'를 종종 구사한다. 그에게 시창작이란 '새로운 언어' 창조의 일환이었으며, 이때 '새로운 언어'의 모색은 단지 개별 신어(新語)의 고안이 아니라 말의 전반적인 개념과 구조의 전변을 뜻한다. 흘레브니꼬프에게 시에 접근하는 통로가 되었던 것은 수학과 언어학을 위시한 추상적 논리와 과학의 세계였다. 그는 수학에서 비유클리드 기하학이라는 새로운 지평이 열렸듯이 언어와 시의 새로운 차원을 열고자 했다.

새로운 언어의 창조는 미래주의 시인들의 공통된 관심사였는데, 그중에서도 특히 흘레브니꼬프는 창작활동 전반에 걸쳐서 일관되게 이를 시도했다. 미래주의의 언어창조 기획은, 흘레브니꼬프의 유명한 표현에 따르면, '말 그 자체'를 지향하는 것이었다. '말 그 자체'란 자연어가 지닌 지시적 기능으로부터 완전히 자유로운 자기충족적인 말을 뜻한다. 그러한 말은 기의적 측면은 거세된 채 기표적 측면, 즉 음성적 자질만을 지닌다. 그러한 경우 오로지 말의 소리만으로 의미가 새롭게 생성된다. 그러므로 '말 그 자체'를 지향했던 흘레브니꼬프와 미래주의자들의 텍스트에서 지배적인 것은 '소리의 의미론'이다. 따라서 그들의 러시아어 원문 텍스트를 우리말로 옮길 경우 유감스럽게도 시의 전반적인 의미는 치명적으로 훼손될 수밖에 없으며, 여기 번역되어 소개된 시들도 예외는 아니다.

미래주의자들이 꿈꾸었던, 지시대상과의 관계에 구속받지 않는 언어는 이른바 '초이성어'라고 불린다. 흘레브니꼬프의 단시(특히 초기 시)는 그가 새롭게 고안해낸 '초이성어'의 표현 가능성을 검증해보는 실험무대였다. 가령 「보베오비 입술을 노래했고」의 경우 시 전체에서 묘사되는 것은 어떤 '얼굴'이다. 그러나 그 얼굴의 구체적인 외관을 지시하는 시어는 없다. 여기서 얼굴의 형상은 '보베오비' '베에오미' '뻬에에오'처럼 인칭이나 품사나 격을 규정할 수 없는 신어의 '소리'로 구현된다. 흘레브니꼬프에 따르면 이 말들의 의미는 단어의 첫머리에 오는 자음에 의해 좌우된다. 그러나 'b' 'v' 'p'와 같은 자음들이 필연적으로 일정한 의미를 내포한다는 그의 발상은 자의적일 수밖에 없다. 따라서 이 초이성어들은 독자의 주의를 원초적인 소리 이미지로 향하게 할 뿐이다. 「한밤중의 영지여, 칭기즈칸하라!」에서는 흘레브니꼬프 특유의 신어창조 방식을 엿볼 수 있다. 여기서 '칭기즈칸' '모차르트' '자라투스트라'와 같은 고유명사는 일종의 어간으로 취급된다. 거기에 러시아어의 동사 어미를 붙여서 신어가 창조되는 것이다. "칭기즈칸하라"와 같은 새로운 동사들은 '보베오비' 등과 마찬가지로 자기회귀적인 말에 속한다. 그럼에도 불구하고 이 시의 동사-신어들은 초이성적 의미만이 아니라 이성적 의미 또한 지닌다. 열거된 고유명사들은 흘레브니꼬프의 미래신화를 구성하는 초인-인신(人神)의 아이콘으로 볼 수 있는 것이다. 아울러 서로 다른 시대와 지역이 낳은 영웅과 신화적 형상들을 한꺼번에 호명하는 이 시는 과거·현재·미래를 아우르고, 동서남북을 포괄하는 흘레브니꼬프 특유의 종합주의 시학을 접할 수 있는 좋은 사례이기도 하다.

흘레브니꼬프의 언어창조는 존재의 시원을 탐구하는 작업과 직결된 것이었다. 그에게 미래세계의 건설은 곧 존재의 본질과 원형의 복원을 의미했다. 그러한 목표에 도달하는 지름길은 다름 아닌 두터운 문화적 지층 아래 숨어 있는 태곳적 이미지들과 말의 원형을 발굴하고, 그것들이 내포하고 있는 원시적인 생명력을 복구하는 것이었다. 「우리는 온화한 신처럼 이곳에 오곤 했지」「한밤중의 영지여, 칭기즈칸하라!」에서 두드러지는 의고주의 혹은 원시주의적 모티프들은 이러한 맥락에서 이해될 수 있다.

흘레브니꼬프의 세계 비전은 원시인의 그것과 유사하게 통일적 세계인식을 특징으로 한다. 그에게 세계를 구성하는 모든 인자들은 우주의 '육신'으로 통일되며, 우주의 육신은 또한 시인 '나'와 일체가 된다. 사물, 동물, 인간, 별, 신, 그리고 기호(언어, 숫자)가 일체의 위계로부터 벗어나서 상호 변신(metamorphosis)이 가능한 동등한 존재가 되는 흘레브니꼬프의 시세계는 그와 같은 시인의 세계관을 뚜렷하게 반영한다. 이러한 점은 「자루에서」「말이 죽어갈 때는」「숫자들」「나와 러시아」와 같은 시들을 읽을 때 특히 유념할 필요가 있다.

「이란의 노래」「고독한 배우」「다시, 또다시」는 시인의 죽음이 예견된 시점에 씌어진 시들로서, 흘레브니꼬프의 창작에서는 보기 드물게 서정적인 어조와 뿌시낀적인 단순명료한 시어를 특징으로 한다. 이 세편은 공히 뿌시낀에서 연원하는 러시아 시의 고전적 주제인 '예언자-시인'의 운명을 다루고 있다. 여기서 서정적 자아는 자연의 법칙과 시간의 흐름에 저항하면서 유토피아적 미래를 계시하고, 그것을 위해 싸우고 헌신하는 예언자 혹은 무사의 형상을 취한다. 그러나 세상 사람들이 그러한 그의 위업을 전혀 이해하지 못한다는 점에서 그의 운명은 비극적이다. 이러한 서정적 자아의 형상에는 동시대인들로부터 공감과 지지를 전혀 얻어내지 못했으며 '위선자'(거짓 선지자)이자 '광인'으로 홀대받았던 흘레브니꼬프의 고독이 투영되어 있다.

블라지미르 블라지미로비치 마야꼽스끼
(Vladimir Vladimirovich Mayakovskii, 1893~1930)

블라지미르 블라지미로비치 마야꼽스끼는 1893년 7월 7일에 그루지야의 작은 마을 바그다찌에서 삼림감독관의 막내아들로 태어났다. 1906년 초 아버지가 사망한 후 마야꼽스끼의 가족은 모스끄바로 이주한다. 소년시절 일찌감치 맑스주의의 세례를 받은 마야꼽스끼는 혁명에 대한 다분히 낭만적인 열정에 사로잡힌 채 러시아사회민주노동당에 입당한다. 스무살이 채 되기도 전에 그는 수차례 체포되고 감옥에서 수개월의 징역살이를 한다. 수도에 정착한 후로 당대 문학을 빠짐없이 찾아 읽고, 바이런·셰익스피어·똘스또이 등 고전을 탐독했던 그는 1909년 감옥에 수감되었을 때 비로소 진지하게 시를 쓰기 시작한다. 1910년 초 석방되자마자 그는 당 활동을 청산하고 문학과 예술 공부에 전념한다.

어릴 적부터 미술에 재능을 보였던 마야꼽스끼는 1911년 모스끄바 회화·건축·조각 전문학교에 진학한다. 거기서 미래주의 써클 '원시림'의 리더인 다비드 부를류끄(David Burlyuk)와 만나면서 입체파 미래주의의 일원이 된다. 이듬해 그는 미래주의 선언문 「대중적 취향에 따귀를」(Poshchechina obshchestvennomu vkusu)을 동료들과 공동 명의로 발표하고, 동명의 문집을 통해 시인으로 데뷔한다. 1912~13년에는 아방가르드 화가들의 단체인 '다이아몬드 잭'과 '청년연맹'이 주최하는 전시회 및 토론회에 열성적으로 참여하고, 1913년부터 그 이듬해까지 미래주의자들과 함께 전국을 순회하며 시를 낭송한다. 1915년에 발표된 서사시 「바지 입은 구름」(Oblako v shtanakh)은 그의 미래주의 시기 창작의 정점에 해당한다. 그해 문학평론가인 오시쁘 브리끄(Osip Brik)와 그의 아내 릴랴 브리끄(Lilya Brik)와 인연을 맺는다. 잘 알려져 있다시피 마야꼽스끼의 브리끄 부부와의 동거, 릴랴 브리끄와의 로맨스는 러시아 아방가르드 역사의 한 페이지를 장식한다. 1916년에 장시 「인간」(Chelovek) 「전쟁과 평화」(Voina i mir) 「등골의 플루트」(Fleita pozvonochnika)

를 연이어 발표함으로써 창작의 전반기를 마무리한다.

그는 1917년 혁명을 "나의 혁명"이라 부르며 지극히 자연스러운 사건으로 받아들인다. 혁명 및 내전기에 여러 좌익문예단체들에 관여하고, 예술의 실용적이고 대중적 형식에 눈을 돌려 영화 씨나리오를 집필하기도 하고, '로스따의 창(窓)'[1]에 뛰어들어 수많은 계몽-선전용 플래카드와 포스터를 제작하기도 한다. 1922년부터는 매년 해외 및 국내 여행을 다니면서 초인적인 횟수의 강연을 수행한다. 한편 1920년대 내내 그는 예전의 미래주의 성원들을 규합하여 '공산주의적 미래주의'(Komfut) '좌익예술전선'(LEF) '혁명예술전선'(REF) 같은 급진적 좌파문예운동을 지속적으로 전개한다. 혁명 및 내전 시기의 대표작으로는 미래에 대한 유토피아적 전망을 담은 드라마 「미스쩨리야 부프」(Misteriya-Buff)와 서사시 「150,000,000」 「이것에 관하여」(Pro eto)를 꼽을 수 있다.

1920년대 후반으로 접어들면서 마야꼽스끼 시의 어조는 낙관적이고 혁명적인 낭만주의에서 현실에 대한 신랄한 풍자로 이행한다. 이 시기에 그와 좌익예술전선(LEF)은 당시 문단의 헤게모니를 장악했던 라쁘(RAPP, 러시아프롤레타리아작가동맹) 진영으로부터 부르주아 형식주의로 낙인찍히며 공격을 받는다. 1927년 10월혁명 10주년을 기념하는 마야꼽스끼의 장시 「좋아」(Khorosho)가 발표되자 평단은 "필력을 잃었다"며 노골적으로 비난을 퍼붓는다. 1929년 구시대적인 관료주의를 풍자하는 그의 희곡 「빈대」(Klop)와 「목욕탕」(Banya)이 무대에 오르자 당국은 불온사상을 유포한다는 이유로 공연금지 조치를 내린다. 문단에서의 고립과 더불어 십여년간 실패를 거듭해온 여성과의 관계 역시 그를 나락으로 치닫게 한다.

....
1 로스따(ROSTA, 러시아 전신국)에 소속된 작가들의 새로운 형태의 시작(詩作)
  활동을 일컫는 말. 내전 시기에 그들은 "멈춰라! 당신은 가죽코트와 바지를 입고
  있는가? 치욕으로 여겨라! 그들은 전선에서 얼고 있다. 당신의 코트와 바지를 즉
  시 그들에게 보내라!"와 같은 구호들이 선동적인 그림과 함께 적힌 포스터를 제
  작하여 로스따 창문과 모스끄바 곳곳에 붙였다.

생애 마지막 해인 1930년에 모스끄바에서 그의 창작 20주년 기념 전시회가 개최되었지만, 방문객은 아무도 없었다. 4월 11일에는 모스끄바 제2국립대학에서 '마야꼽스끼의 밤'이 열리지만, 정작 본인은 그 자리에 참석하지 않는다. 4월 14일 부활절 아침에 그는 모스끄바 루뱐까에 있는 자신의 작업실에서 연인과 실랑이를 벌인 후 가슴에 권총을 쏘아 자살한다.

아침

우중충한 비가 눈살을 찌푸렸다.
상념의 철제 전신줄의
정연한
격자
너머
새털이불.
그
위로
떠오르는 별들이
살포시 발을 얹었다.
그러나 가스 왕관 쓴
황제,
가로등의 소—
멸은
저기 보이는
앙심 품은 부께Bouquet 같은 거리의 창녀들을
더욱 아프게 했다.
흉흉한
농지거리의
콕콕 쪼아대는 웃음이
누런
유독성 장미에서

지그재그로
피어올랐다.
왁자지껄한 인파와
소음 저편
보기 좋은 풍경.
조용하고 무심하게 수난당하는
십자가들의
노예와
사창굴
집들의
무덤을
동녘 하늘이 활활 타오르는 화병 속에 한꺼번에 던져넣었다.

                                                    1912년

밤

적자색과 흰색 구겨진 채 반사되고
초록빛 속에 한줌씩 내던져진 옛날 금화.
황급히 모여든 유리창들의 검은 손바닥으로
나누어 돌려진 불타는 노란 카드.

가로수 길과 광장은 망연히
푸른 토가 걸친 건물들을 쳐다보았고
일찌감치 서두르는 행인들의 발목에 가로등 불빛은
누런 상처처럼 발찌를 채웠다.

군중은 민첩한 얼룩무늬 고양이.
등을 구부린 채 헤엄치듯 문 안쪽으로 빨려들어갔다.
모두들 조금이나마 마시고자 안달하는
덩어리째 부어놓은 웃음 한무더기.

옷자락 잡아끄는 앞발을 감지한 나는
그들의 눈동자에 미소를 쑤셔넣었다.
이마에 앵무새 날개 알록달록 칠한 흑인들
소스라치게 양철북 두드리며 낄낄거렸다.

1912년

간판에게

철제 책을 읽으시오!
도금한 글자의 플루트 선율 따라
기어가는 훈제 연어와
금발의 순무.

개처럼 신나게
'마기' 회사² 별들이 빙빙 돌면
장의사 사무실은
석관들을 이끌고 가리라.

음침하고 서글픈 날이
가로등 신호를 꺼버리면,
선술집 하늘 아래서
도자기 주전자의 양귀비에 흠뻑 취하시오!

1913년

---

2 고깃국 농축액을 팔던 식료품 회사.

당신들은 할 수 있는가?

나는 당장 컵의 물감을 끼얹어
일상의 지도를 문댔다.
나는 교병 접시에 담긴
대양의 비뚤어진 광대뼈를 보여주었고
양철 물고기의 비늘에서
새로운 입술의 부름을 읽었다.
그런데 당신들은
야상곡을 연주할 수
있는가,
홈통의 플루트로?

1913년

옛소!

한시간 후 여기서부터 저 깨끗한 골목으로
당신들의 늘어진 기름 넘쳐흐를 것이오.
반면 나—고귀한 말들의 헤픈 낭비자는
당신들에게 어마어마한 시의 보석함 열어 보였소.

여보시오, 남정네, 당신의 콧수염에
먹다 남은 배춧국 건더기가 걸려 있구려.
이보시오, 부인네, 희번드르르하니 화장이 짙구려.
마치 가재도구 조가비 사이로 삐져나온 굴 같소.

당신들은 모두 시심 어린 심장의 나비넥타이를 향해
덧신을 신든 안 신든 더러운 발바닥으로 기어오를 것이오.
군중은 야수가 되어, 서로서로 마구 문대고,
머리가 백개 달린 이(蝨)가 다리를 곤두세울 거요.

거친 훈족인 이 몸이 오늘은
당신들 앞에서 인상 찌푸리기 싫어서—이렇게
껄껄대며 신나게 가래침을 뱉는다면,
나—고귀한 말들의 헤픈 낭비자
당신들 면상에 가래침을 뱉는다면.

1914년

172

나와 나뽈레옹

나는 볼샤야쁘레스냐 거리
36-24번지[3]에 살고 있소.
평온하고
조용한 곳이오.
그런데 뭐?
그게 나랑 무슨 상관?
폭풍 같은 세상
어딘가에서
사람들이 전쟁을 공모해 일으킨 게.

밤이 찾아왔소,
간교한
미녀가.
왜 저 아가씨들은
커다란 눈망울을 탐조등처럼
조심스레 굴리며 떨고 있는 거요?
거리의 군중들은 타는 입술로
내리는 빗줄기에 매달리고,
도시는 깃발의 자그마한 손을 잡아 펴고는
붉은 성호 그으며 기도하고 또 기도하오.

----

3 마야꼽스끼가 살던 집 주소.

맨머리의 교회당은 가로수 길
　　　　　　　머리맡에
넙죽 엎드렸소, 눈물로 가득 찬 가마니처럼.
가로수 길가 화단들은 피를 흘리오,
탄환의 손가락으로 갈가리 찢긴 심장처럼.
불안은 점점 더 살이 쪄서,
말라비틀어진 이성을 먹어치우는구려.
벌써 노아 화원⁴의 온실 부근에는
독가스가 파리하게 내리깔렸소!

모스끄바에게 말해주시오―
견뎌내라고 하시오!
아니, 그럴 필요 없소!
동요하지 말라 하시오!
이제 곧
내가 하늘의 전제군주를
대면할 테요.
태양을 사로잡아 때려눕힐 테요!
보시오!
깃발을 하늘에 헹구고 있구려.

---

4 모스끄바 뻬뜨로프까 거리에 있던 꽃가게.

그가 왔소!
살찐 몸집에 불그죽죽한 혈색.
붉게 물든 말발굽으로 광장을 쿵 내리치고는
지붕의 시체들을 밟고 올라가오!

"쳐부술 테다,
부숴버릴 테다!"
고함치며,
피투성이 처마를 오려내어 야밤을 만들어버린
너에게
담대한 영혼 간직해온
나
결투를 신청하노라!

어서 가시게, 불면으로 삭아든 자들이여,
전쟁의 화염 속으로 뛰어드시게!
아무래도 상관없소!
우리에게 이것은 마지막 태양,
오스테를리츠[5]의 태양이니!

---

5 모라비아(현 체코의 동부 지역)의 남동쪽에 위치한 지역으로 1805년 나뽈레옹
이 러시아-오스트리아 동맹군과의 전투에서 대승을 거둔 곳.

러시아 때문에 실성한 폴란드들이여, 어서 가시게,
오늘 나는 나뽈레옹!
나는 사령관이자 그 이상.
비교해보시게,
나 그리고 그!

그는 마치 제왕인 양 딱 한번 역병 근처까지 가서는
용기를 내어 죽음을 딛고 섰다지.
나는 역병 걸린 욥바⁶의 러시아인들을
매일같이 수천명씩 면회하는걸!
그는 단 한번 총탄 속에 의연히 서 있은 덕에
세세만년 칭송받지만,
나는 칠월 한달 동안에만
아르꼴레⁷ 다리를 천번이나 건너다녔소!
나의 함성은 시간의 화강암에 박혔으니

6 이스라엘의 도시. 1799년 나뽈레옹이 이끄는 프랑스 군대가 이집트 원정 중에 당시 이집트 영토였던 이 도시를 수차례의 전투를 통해 점령하였다. 도시 점령 후 자신의 군사들이 역병에 걸린 것을 알게 된 나뽈레옹은 병원을 지을 것을 명하고 몸소 병문안을 했다고 한다.
7 이딸리아 북부 지역. 1796년 프랑스 혁명전쟁 당시 오스트리아의 영향 아래 있던 이곳에서 나뽈레옹 보나빠르뜨가 이끄는 프랑스 군대가 오스트리아 군대를 격파했다. 이 전투 중 나뽈레옹은 적들의 사격에도 불구하고 직접 군기를 들고 돌격했다는 이야기가 전해져 내려온다.

끊임없이 으르렁거릴 것이오.
왜냐하면
다 타버린 심장 속에는, 이집트처럼,
백만개의 피라미드가 있으니까!

내 뒤를 따르라, 불면으로 삭아든 자들이여!
저 위로!
전쟁의 화염 속으로!
안녕하신가,
나의
임종 직전의 태양이여,
오스테를리츠의 태양이여!

사람들아!
머지않았소!
태양을 보시오!
똑바로!
태양이 움츠릴 지경이오!
교회당의 꽉 조인 목구멍으로 우렁차고 거칠게
외쳐라, 장속곡이여!
사람들아!
나보다 더 유명한

망자들의
이름을 당신들이 성인의 반열에 올릴 때,
기억해주시오,
전쟁이 한사람을 더 죽였다는 걸,
볼샤야쁘레스냐 거리의 시인을!

1915년

시인 노동자

사람들이 시인에게 호통을 친다.
"자네는 선반기에서 일을 해야지, 원.
시란 게 대체 뭔데?
말짱 허튼짓!
뻔하지, 일하기엔 힘이 달리는구먼."
어쩌면
우리에게
노동은
다른 모든 일보다 친숙한 것.
나 역시 공장이오.
혹시나 굴뚝이 없다면,
아마도
나는
굴뚝 없는 공장처럼
무척 힘들 거요.
이따위 한가로운 미사여구 당신 맘에 안 든다는 거
잘 알고 있소.
일을 하려면 참나무를 베라, 이거지.
그런데 우리가
정말 목공이 아니란 말이오?
우리는 사람들의 두뇌라는 참나무를 세공하오.
물론

물고기 잡고, 그물 당기는 건
명예로운 일.
부디 그 그물에 철갑상어 걸리길!
하지만 시인의 노동은 더욱더 명예로운 일,
그건 물고기가 아니라 살아 있는 인간을 낚는 일.
용광로 앞에서 뜨겁게 달아오르며
쉭쉭거리는 철을 담금질하는 건 위대한 노동.
그런데 그 누가
우리를 무위도식자라 비난하겠소?
우리는 언어의 줄칼로 뇌를 연마하는 자들.
누가 더 고귀하겠소? 시인?
아니면
사람들에게 물질적 이익을 안겨주는 기술자?
둘 다요.
심장 또한 똑같은 모터.
영혼 또한 똑같은 교묘한 엔진.
우리는 동등한 존재.
노동대중에 속한 동지들.
육신과 영혼의 프롤레따리아.
그러니 우리 함께
우주를 장식하고
행진하며 세상을 쿵쿵 울리세.

언어의 폭풍을 방파제로 막아내세.
이제 다시 본론으로!
노동은 생기있고 신선한 것.
빈둥거리는 연사들은
제분소로 보내자!
제분공으로 만들자!
언어의 물줄기로 맷돌을 돌리도록.

1918년

오월

구체제의
　　　5월 1일
　　　　　기억나는군.
나는 남몰래
　　　　막다른 건물 뒤편으로
　　　　　　　살금살금 걸었네.
헌병 어디 없나?
까자끄 병사 없나?
　　　　　곁눈질하며.
학생모 쓴
　　　노동자,
　　　　　손에 쥔 것은
　　　　　　　　펜.
한군데로 모여들더니
　　　　　암호를 중얼거린 후
　　　　　　　　다시 앞으로 전진.
쏘꼴니끼 공원 뒤편
　　　　도적떼
　　　　　　무리처럼
숲속에 숨죽이고 있는
　　　　작은 풀밭처럼
　　　　　　몸을 숨겼네.

믿을 만한 사람들

　　　　순찰병으로

　　　　　　서둘러 배치했네.

작은 목소리로

　　　　재빨리

　　　　　　응답신호를 보냈네.

품고 있던

　　　　붉은 깃발을

　　　　　　힘껏 잡아 펼치고는

블라우스 차림 여성들

　　　　　　몇 명

　　　　　　　우리를 뒤따랐네.

기병대 말발굽 아래

　　　　관목들

　　　　　　우두둑 부러졌네.

감옥행이다!

　　　　칼을 받아라!

　　　　　　　휙휙 까자끄 병사의 채찍 소리!

그러나 절망은

　　　　　　우리를

　　　　　우수로 짓누르지 못했고,

우리 뒤에

노동자 세계가 오고 있음을

　　　　　　　　우린 알았네.

이 순간이

　　전세계

　　　　헐벗은

노동자들을

　　　　짓누르고 있음을

　　　　　　　우린 알았네.

자신이 흘린 피

　　　　가장 확실한

　　　　　　　파종임을

채찍 맞고 주저앉은

　　　　기수旗手는

　　　　　　　알았네.

때가 오면,

　　　일일이 셀 수 없는

수백만

　　붉은 깃발

　　　　솟구치리!

영원하고 항구한

　　　　돌격을 위해

　　　　　　달려나오리

쏘비에뜨사회주의연방공화국의

무수한 힘들.

1925년

청동 목청을 다하여

청동 목청을
　　　　　다하여
　　　　　　　　경적 같은 외침으로
트랙터 코 고는 소리
　　　　　　　　사방에
　　　　　　　　　　으르렁거리듯
블라지미르 일리치
　　　　　　　동지여,
　　　　　　　　　　당신에게
오늘
　　공화국이
　　　　　　보고드리오.
처녀지
　　구석구석마다
　　　　　　　　움이 트고
낡은 체제는
　　　　　　비틀거리는 중.
당신에게 약속하오,
　　　　　　　　우리들
바늘과
　　낫과 망치 든 노동자들은
아첨꾼들과

반정부 인사의 분비물 쓸어내고
노동을
　　　세배로
　　　　　완강하게 주장하리다.
그리고 당신의
　　　　　인간적인
　　　　　　　　사회주의를
지구
　　전체에
　　　건설하리다!

블라지미르 블라지미로비치 마야꼽스끼 187

해설

"오직 우리만이 우리 시대의 얼굴이다. (…) 뿌시낀, 도스또옙스끼, 똘스또이, 기타 등등을 현대라는 이름의 기선 밖으로 던져버려라." 당시 열아홉살이던 청년 마야꼽스끼는 그의 동료들과 함께 미래주의의 출현을 이렇게 선언했다. 이 유명한 구절은 미래주의라는 개별 유파의 강령이면서 동시에 20세기 아방가르드적 미의식의 선포이기도 하다. 마야꼽스끼는 저 불손하고 호전적인 진술에 정확하게 부합하는 시를 썼다. 그의 시는 예고나 전조가 아닌 진짜 혁명의 일환이었다. 그만큼 그의 시는 전위적인 전복의 정신, 혁명의 리듬, 시대의 속도에 충실했다.

마야꼽스끼의 창작은 1917년 혁명을 경계로 하여 미래주의 그룹에서 활동하던 전반기와 좌익 문예노선을 표방하던 후반기로 대별된다. 여기 소개된 시들 가운데 「아침」 「밤」 「간판에게」 「당신들은 할 수 있는가?」 「옜소!」는 그의 미래주의 시기를 대표하는 작품으로서 오늘날까지 전세계 모더니스트들에게 전범이 될 만큼 탁월한 미학적 성취를 보여준다. 청년 마야꼽스끼가 속했던 유파는 미래주의를 표방한 그룹들 가운데 미학적 노선이 가장 뚜렷하고 조직적 활동이 우세했던 입체파 미래주의였다. 이 그룹은 그 명칭에서 짐작되듯이 입체파 회화가 선보인 시점의 해체와 전위(轉位)에서 미래예술의 단초를 발견하였으며, 그것을 시에서도 똑같이 실현해내고자 했다. 마야꼽스끼의 시들은 그러한 입체파적 지향의 본보기가 된다.

마야꼽스끼의 초기 시에서 두드러지는 것은 회화적인 요소들이다. 데뷔작인 「아침」과 「밤」은 현란하고 도발적인 시각적 이미지들과 회화적인 구성이 특히 돋보이는 작품이다. 「아침」의 경우 거리의 풍경을 재현하는, 마야꼽스끼 특유의 그래픽적 시행 배치가 인상적이다. 「당신들은 할 수 있는가?」에서는 회화 그 자체가 시의 소재이자 주제가 된다. 이 작품은 표층적으로는 회화에 관한 진술로 읽히지만, 그것의 궁극적 메시지는 "새로운 입술의 부름"이 뜻하는 새로운 예술, 즉 미래주의 미학의 원리이다. 그것은 한마디로 "일상의 지도를 문대"는 것, '일상'이 함축하는 모든 진부하고 관습적이고 속물적인 것을 뒤엎어버리는 데서 출발하여 '홈통의 플루트로 야상곡을 연주'하는 것으로 귀착된다. 여기서 '홈통'이라는 반미학적인 기호는 '플루트'와 '야상곡'으로 대표되는 고상한 예술세계에 불온하게 침투한다.

「나와 나뽈레옹」은 1차대전의 와중에 씌어진 것으로 반전의 메시지를 담고 있다. 그러나 이 시에서 정작 주목되는 것은 반전의식보다도 서정적 주인공의 강렬한 이미지이다. 마야꼽스끼의 서정적 주인공은 그의 시세계 전체를 마치 전제군주처럼 지배한다. 블로끄의 경우와 마찬가지로 마야꼽스끼의 서정적 주인공 역시 시인의 개인 신화의 구심점이다. 이 시에서 서정적 주인공 '나'는 시인의 전기적 사실("볼샤야쁘레스냐 거리 36-24번지")을 날것 그대로 전유함과 동시에 엄청나게 과장된 스케일로 신화화된다. 전쟁과 유혈의 화신으로 등장하는 나뽈레옹은 '나'를 신화화하기 위해 도입된 신화적 아이콘에 불과하다. 이와 같이 현실과 시의 경계 없애기, 과장된 어법, 기존 신화와의 유비는 마야꼽스끼가 개인 신화를 창조하는 주된 방식이다. 서정적 주인공 외에 그의 신화에 주로 등장하는 것은 그가 거닐던 도시의 거리와 그 주변 사물들이다. '교회당' '길가 화단' '노아 화원' 그리고 '모스끄바'는 마야꼽스끼의 신화 속에서 인간과 동등한 지위를 획득한다.

「시인 노동자」 「오월」 「청동 목청을 다하여」는 쏘비에뜨 시대에 씌어진 시들이다. 1917년 10월혁명과 더불어 마야꼽스끼는 거리의 모더니스트에서 '혁명의 병정 시인'으로 거듭난다. 그의 시는 이제 노골적으로 정치를 운위하며 예술 역시 '노동'이자 '기술'임을 설파한다. 전진하는 혁명의 대오는 「오월」 「청동 목청을 다하여」에서 보듯이 계단식 시행의 역동적 리듬으로 표현된다. 그러나 시와 비시(非詩)의 경계를 부숴버림으로써 전통적인 '고상한' 시의 규율을 전복시키는 전략은 혁명 이후에도 변함없이 유지된다. 생활이자 노동이며 정치이길 주저하지 않는 그의 시는 정제되지 않은 불순하고 비천한 현실을 전면적으로 끌어안음으로써 '강철의 시'로 단련된다.

보리스 레오니도비치 빠스쩨르나끄
(Boris Leonidovich Pasternak, 1890~1960)

보리스 레오니도비치 빠스쩨르나끄는 1890년 2월 10일 모스끄바에서 화가인
아버지와 피아니스트인 어머니 사이에서 태어났다. 시인의 내면 형성의 주된
원천은 그리스도교와 음악 그리고 철학이었다. 처음에 그의 창작열을 사로잡
은 것은 음악이었다. 그는 스끄랴빈(A. Skryabin)에 압도되어 열세살부터 작곡
을 공부했다. 그러나 6년간 음악원에서 수학한 후 그는 작곡가의 꿈을 접는다.
1909년 빠스쩨르나끄는 모스끄바 대학 역사철학부에 입학하여 철학에 심취
한다. 1912년 철학공부를 완성하기 위해 독일 마르부르크 대학으로 유학을
떠나지만, 독일에서의 유학은 한 학기 만에 중단된다. 그는 귀국 후 모스끄바
대학을 졸업한 1913년부터 시창작에 몰두한다. 첫 시집『구름 속의 쌍둥이』
(*Bliznets v tuchakh*, 1914)를 상재한 후 1917년 혁명을 맞이할 때까지 빠스쩨르
나끄의 시는 상징주의와 미래주의의 자장 속에 놓여 있었다. 그는 미래주의의
일파인 '원심분리기'(Tsentrifuga) 그룹의 일원이기도 했다. 시작(詩作) 초기
에 그의 사표가 되었던 시인은 알렉산드르 블로끄와 라이너 마리아 릴케였다.
1922년 발간된 시집『나의 누이─삶』(*Sestra Moya─zhizn'*)은 빠스쩨르나끄
의 이름을 거장의 반열에 올려놓았다. 이 시집을 기점으로 진정한 시쓰기가
시작되었다고 시인 스스로 평가한 바 있다. 1920년대에는 마야꼽스끼와의 친
분 때문에 좌익예술전선(LEF)에 가담하기도 한다. 1920년대 후반에는 서사
시와 운문소설 창작을 시도하였는데, 그것은 시인 자신이 고백한 대로 시대의
요청이었으며, 무척이나 어려운 일이었다. 1932년에 시집『제2의 탄생』(*Vtoroe
rozhdenie*)이 발간되었으나 그후 10년이 넘도록 그의 시는 정부 당국의 탄압
에 의해 활자화되지 못한다.
1943년 독소전쟁으로 인해 당국의 정책이 일시적으로 완화된 틈을 타 시집
『새벽 열차를 타고』(*Na rannikh poezdakh*)가 상재된다. 이 시집을 기점으로 그
의 시는 이전의 난해함과 복잡함을 지양하고 소박함과 단순함을 지향하게 된

다. 시창작과 출판의 자유가 박탈되었던 1930년대 중반부터 1940년대 말까지 그는 셰익스피어, 괴테, 실러, 릴케 등의 작품 번역에 열중한다.

1945년 말엽에 빠스쩨르나끄는 소설 『의사 지바고』(*Dokor Zhivago*)를 구상하여 1956년에 완성한다. 1957년 이딸리아에서 최초로 활자화된 이 소설로 인해 그는 1958년 노벨상 수상자로 지명된다. 그러나 쏘비에뜨 정권으로부터 맹렬한 비판을 받고 작가동맹에서 제명된 빠스쩨르나끄는 노벨상 수상을 거부한다. 1960년 5월 30일 시인은 지병인 폐암이 악화되어 자신의 별장이 있던 뻬레젤끼노에서 영면한다. 그가 남긴 마지막 시집은 1950년대 후반에 씌어진 시들이 수록된 『맑게 갤 때』(*Kogda razgulyaetsya*)이다.

2월. 잉크를 가져다 울어야 하리!

2월. 잉크를 가져다 울어야 하리!
2월에 관해 목 놓아 써야 하리,
궂은 날씨가 사방에 천둥을 울리며
먹빛 봄으로 타오를 동안.

마차를 구해야 하리. 은화 여섯냥에
종소리와 마차 바퀴의 함성을 뚫고,
저편으로 건너가야 하리. 소낙비가
잉크와 눈물보다 더 요란한 그곳으로.

수천마리 갈까마귀가
새까맣게 탄 배(梨)처럼 나뭇가지에서
웅덩이로 추락하여, 메마른 비애를
동공 밑바닥에 떨구는 그곳으로.

웅덩이 밑에는 검게 녹은 땅,
갈까마귀 울음이 마구 휘저은 바람,
우연할수록 더욱더 진실하게
목 놓아 울듯 써지는 시.

1912년

나의 누이─삶은 오늘도

나의 누이─삶은 오늘도 봄비처럼 넘쳐흘러
온데 부딪혀 부서지는데,
장신구를 단 고상하고 까다로운 사람들은
귀리밭의 뱀처럼 점잖게 쏘아붙인다.

노인들에게는 그럴 만한 까닭이 있겠지만
너의 이유는 말할 나위 없이 우습다.
그것은 소낙비 속에 연보라로 물든 눈동자와 잔디밭,
축축한 물푸레 향 그윽한 지평선.

오월, 까미신행行 지선열차 타고
객실에서 읽는 열차시간표,
그것이 성서보다, 먼지바람에 시커메진
좌석보다 더 장엄하다는 것.

제동기가 고래고래 짖어대며
포도줏빛에 잠긴 온순한 시골 사람들 앞에 멈춰서자,
침대칸 승객들, 다 왔는가, 힐끗거리고
저무는 태양이 나를 안쓰러워한다.

세번 내리 울리던 기적소리,
이 역이 아니라서 미안하다는 듯 아득해진다.

커튼 아래로는 밤이 불타오르고
별을 향한 승강구 아래로 초원이 허물어진다.

반짝이며, 가물거리며, 어디선가 사람들 곤히 잠들고,
사랑하는 나의 여인도 요정 모르가나¹처럼 잠들어 있다.
그 시각 심장은 승강구마다 철썩대며
차량의 출입문들을 초원 위에 흩뿌린다.

1917년

1 이딸리아 전설 속에 등장하는 물의 정령. 신기루를 만들어서 배를 침몰시킨다고
전해진다.

시의 정의

이것은 그득 따라놓은 휘파람,
이것은 짓눌린 얼음덩이의 파열음,
이것은 나뭇잎 오싹 얼어붙는 밤,
이것은 꾀꼬리 두마리의 말다툼.

이것은 시들어버린 향긋한 완두콩,
이것은 콩깍지에 담긴 우주의 눈물,
이것은 악보대와 플루트에서 밭이랑으로
우박처럼 굴러떨어지는 피가로의 결혼.

밤이 개울물의 깊은 바닥에서
반드시 찾아내야 하는 그 모든 것,
떨리는 두 손에 땀을 쥐며
별을 새장까지 나르는 일.

물에 잠긴 널판보다 평평히 깔린 무더위.
창공을 가득 메운 오리나무.
저 별들의 표정은 깔깔 웃을 듯,
그러나 우주는 적막한 곳.

1922년

196

집에 아무도 없으리

집에 아무도 없으리,
땅거미만 머물 뿐. 커튼 걷힌
창으로 투명하게 내비치는
어느 겨울날.

축축한 흰 눈덩이만
구르는 바퀴처럼 한순간 아른거릴 뿐.
오로지 지붕들, 눈,
지붕과 눈 말고는 아무도 없네.

또다시 성에가 그림처럼 맺히고,
또다시 나는 해묵은 우울과
새로운 겨울의 일들로
분주해지리.

지금껏 용서받지 못한 과오로
다시금 아리는 가슴.
창문은 십자형 창살로
부족한 장작을 압박한다.

그런데 문득 두터운 커튼이
홀연히 떨리면서

정적을 헤아리는 발걸음으로
마치 미래처럼, 너는 들어오리.

너는 문 앞에 나타나리,
어느 흰옷 차림으로, 다소곳이,
눈송이로 짠 듯한 옷감으로
지은 옷을 입고서.

1931년

햄릿²

웅성거림이 잦아들었다. 나는 가설무대로 나왔다.
문설주에 기댄 채
나는 저 머나먼 반향 속에서
내 일생에 일어날 일을 예감한다.

수천개의 오페라글라스로
밤의 어스름이 나를 겨누고 있다.
아버지, 나의 아버지, 할 수만 있다면,
이 잔을 내게서 거두어주소서.³

나 당신의 완고한 섭리를 흠모하며
이 역을 맡는 데 동의하나이다.
하지만 지금은 다른 연극이 상연 중이니
이번만은 이 역을 면하게 하소서.

그러나 막의 순서는 정해져 있으니,
길의 결말은 불가피하다.
나는 혼자이고, 모든 것이 바리새주의⁴ 속에 잠긴다.

---

2 소설 『의사 지바고』의 제17장 '유리 지바고의 시'에 수록된 25편의 시 가운데 첫 번째 시.
3 마가복음 14장 36절을 인용한 것으로 예수가 최후의 만찬 이후 잡혀가기 직전에 올린 기도 내용이다.

삶을 살아내는 것──그것은 들판을 지나는 게 아니다.

1955년

모든 것에서 나는

모든 것에서 나는
본질에 다다르고 싶다.
일을 할 때나 길을 찾을 때,
마음이 뒤숭숭할 때도.

흘러간 세월의 실체와
그것의 원인,
토대와 근원,
고갱이까지.

언제나 운명과 사건의
실마리를 늘 부여잡은 채
살고, 생각하고, 느끼고, 사랑하며
계시를 실현하고 싶다.

오, 내가 조금이나마
할 수만 있다면,
열정의 본성에 관하여
여덟 행이나마 써볼 텐데.

위법과 죄악,
도주와 추격,

황망히 마주친 뜻밖의 일들,
팔꿈치와 손바닥에 관하여.

열정의 법칙과
기원을 도출해내고,
그 이름의 이니셜을
되뇔 텐데.

시를 뜨락처럼 꾸밀 텐데.
핏줄의 세세한 떨림처럼
보리수가 그 속에 줄지어서
가지런히 울창하게 자라나도록.

시 속에 장미의 숨결을 불어넣을 텐데.
박하의 향내와
목장, 잔디, 풀밭,
소낙비의 천둥소리도.

그렇게 언젠가 쇼팽은
장원과 공원, 수림과 묘지의
생동하는 기적을
자신의 에뛰드에 불어넣었었지.

그것은 달성된 절정의
유희와 고뇌—
팽팽한 활의
긴장된 시위.

1956년

눈이 온다

눈이 온다, 눈이 온다.
눈보라 속에 제라늄 꽃이
창틀 너머
흰 별들로 향한다.

눈이 오자 모든 게 설레며
일제히 비행에 착수한다.
어두운 계단도
교차로의 모퉁이도.

눈이 온다, 눈이 온다,
마치 눈이 내리는 게 아니라
누더기 외투 차림으로
창공이 땅 위에 강림하는 듯.

흡사 괴짜 같은 모습으로
저 높은 층계참에서
살금살금 숨바꼭질하며
하늘이 다락에서 내려오는 듯.

삶은 기다려주지 않으므로.
어느덧 또 성탄 주간.

짧은 막간,
어느새 저기 또 다가온 새해.

눈이 온다, 자욱하고 자욱하게.
눈과 보조를 맞추어, 같은 걸음으로,
똑같은 템포로, 그처럼 느긋하게
혹은 똑같이 서두르며,
아마도 시간이 흐르는 게 아닐까?

아마도 해가 가고 옴에 따라,
내리는 눈처럼, 서사시의 시어는
이어져가는 것이 아닐까?

눈이 온다, 눈이 온다.
눈이 오자 모든 게 설렌다.
새하얘진 행인도,
깜짝 놀란 초목도,
교차로의 모퉁이도.

1957년

해설

빠스쩨르나끄 시의 주인공은 사람이 아니라 자연과 사물이다. 그의 시에서 서정적 자아의 존재감은 아주 미미할 정도로 희석되고 자연과 사물이 삶의 모든 영역에서 사람처럼 서 있거나 거닌다. 그의 시의 궁극적 주제인 삶은 인간적 형상이나 체험, 관계가 아니라 자연과 사물의 풍경에 투영되어 미적·철학적으로 재해석되는 것이다. 삶은 그의 시에서 '누이'로 명명됨으로써 혈연과 체온과 정감을 지닌 '육친'의 의미를 획득한다. 그러한 '삶-누이'는 시인에게 피붙이처럼 내밀하고 각별한 자연으로 환유된다. 소낙비, 갈까마귀, 우박, 별, 눈과 같은 자연의 요소들은 그의 시에서 완상과 묘사의 객체가 아니라 개성과 감각을 지니고 움직이는 주체로 나타난다. 자연뿐만 아니라 사물들도 마찬가지이다. 자연현상과 일상적 사물들로 이루어진 주변 풍경은 그의 시에서 마치 사람처럼 표정과 감각을 지닌다. '소낙비는 눈물보다 요란하게 울고'(「2월. 잉크를 가져다 울어야 하리!」) '별들은 깔깔 웃고'(「시의 정의」) '태양은 나를 안쓰러워하고'(「나의 누이──삶은 오늘도」) '하늘이 괴짜 모습으로 다락에서 내려온다'(「눈이 온다」).

빠스쩨르나끄의 서정적 자아는 텍스트에서 자신이 차지할 자리를 그러한 자연과 사물들에게 고스란히 넘겨준다. 가령 "집에 아무도 없으리,/땅거미만 머물 뿐."(「집에 아무도 없으리」)에서 자연은 시인(사람)의 자리를 모조리 차지하고 있다. 시인의 존재는 시의 전면에 드러나지 않으며, 다만 그의 분신(alter ego)들인 주변 풍경과 사물 속에, 그들 '사이'에 보이지 않게 녹아 있을 뿐이다. 시행을 따라가며 느낄 수 있는 것은 전기적 내력을 지닌 시인의 개성과 목소리가 아니라 선(線)으로 이어지는 그의 시선이다. 가령 「2월. 잉크를 가져다 울어야 하리!」에서 시인의 시선은 '잉크'에서 '먹빛 봄'으로, 다시 '갈까마귀'에서 '새까맣게 탄 배'로, '검게 녹은 땅'으로 이어진다. 마지막 시 「눈이 온다」에서는 '창밖의 눈'에서 '창틀의 제라늄'으로, '어두운 계단'에서 '교차로의 모퉁이'로 시선이 이동한다. 이때 시선은 논리적으로 움직이는 것이 아니라 우연적으로 이동하며, 따라서 지극히 자연스럽다.

그럼에도 불구하고 시인의 응시와 응시 사이, 혹은 그 역으로 시인을 응시하는 사물과 사물 사이에서 시인의 내면과 주관이 드러난다. 그것은 '열차시간표는 성서보다 장엄하다'(「나의 누이―삶은 오늘도」) '별은 깔깔대며 웃지만 우주는 적막하다'(「시의 정의」) '내리는 눈의 템포로 시간이 흘러간다'(「눈이 온다」)는 시적 진술로 응축된다.

자연과 일상의 풍경들로 환유되는 삶은 시와 등가를 이룬다. 「시의 정의」는 텍스트 전체가 '삶=시'라는 테제의 시적 구현이다. "시를 뜨락처럼 꾸밀 텐데./핏줄의 세세한 떨림처럼/보리수가 그 속에 줄지어서/가지런히 울창하게 자라나도록."(「모든 것에서 나는」)에서도 삶과 시의 등가성은 명료하게 드러난다. 시를 쓰는 것은 삶의 본질을, 삶에 대한 열정의 기원을 밝히는 일이다. "내리는 눈처럼, 서사시의 시어는/이어져가는 것"(「눈이 온다」)이라는 '자연의 움직임'과 '시쓰기'의 병치 역시 이와 같은 맥락에서 이해되어야 한다.

예브게니 알렉산드로비치 옙뚜셴꼬
(Evgenii Aleksandrovich Evtushenko, 1932~) ──────────────

예브게니 알렉산드로비치 옙뚜셴꼬는 1932년 7월 18일 시베리아 이르꾸쯔끄
주(洲)에서 태어나 모스끄바에서 성장하였다. 어릴 적에 세계 고전을 두루 섭
렵한 그는 소년시절에 이미 시인이 될 운명을 자각하고서 시를 쓰기 시작했다.
옙뚜셴꼬는 고등학교 8학년 때 사상이 불온하다는 이유로 학교에서 퇴학당한
후 스승의 도움으로 1952년 고리끼 문학대학에 입학한다. 같은 해 쏘비에뜨
작가동맹에 최연소 회원으로 가입하고, 첫 시집 『미래의 척후병』(*Razvedchiki
gryadushchego*)을 상재한다. 거기에 실린 시들은 1950년대 초 러시아 시단을
지배했던 웅변적인 '연단시'의 어조를 띠고 있다. 1957년 옙뚜셴꼬는 블라지
미르 두진쩨프(Vladimir Dudintsev)의 장편소설 『빵만으로는 살 수 없다』(*Ne
khlebom edinym*)를 옹호했다는 이유로 고리끼 문학대학에서 퇴학당한다.

시집 『열혈분자들의 고속도로』(*Shosse entuziastov*, 1956)와 『약속』(*Obeshchanie*,
1956), 서사시 「지마 역」(*Stantsiia Zima*, 1953~56)을 발표하면서 옙뚜셴꼬는
본격적으로 문단활동을 개시한다. 이 시집들과 서사시를 창작하면서 그는 훗
날 '60년대인들'이라 불리게 될 전후세대의 일원으로서 스스로를 자각하고,
시대의 대변자로서 소명의식을 갖게 된다.

정치적이고 사회적인 테마를 다룬 옙뚜셴꼬의 시는 1950년대 후반부터 당국
의 제제를 받는다. 그때부터 그의 인생은 검열당국과의 투쟁의 연속이었다.
그러한 열악한 여건 속에서도 그는 잡지 『청춘』(*Yunost'*)의 편집위원, 작가동
맹 운영위원 등의 직책을 맡으며 탁월한 정치력을 발휘하여 점차 문단의 유력
인사가 되어간다. 해외에서 작품을 출간할 기회가 지속적으로 주어짐에 따라
쏘비에뜨인으로서는 유례없는 94개국 방문 기록을 세우기도 한다.

1960년대부터 그는 박해받는 시인들을 지원하고 문학과 예술의 가치, 창
작의 자유와 인권을 옹호하는 일에 주력하여 안드레이 씨냡스끼(Andrei
Sinyavskii)와 알렉산드르 쏠제니찐(Aleksandr Solzhenitsyn)에 대한 당국의

탄압을 비판하고, 쏘비에뜨군의 체코 점령에 항의하는 서한을 보내기도 한다. 1971년 제5회 소련 작가동맹 대회에서는 스딸린을 찬양한 자신의 1950년대 작품들에 관해 공개적으로 자아비판을 수행한다. 1960년대부터 그는 역사적이고 사회적인 주제를 다룬 서사시의 집필에 몰두한다.

1980년대에 들어서면서 옙뚜셴꼬는 시인이자 사회활동가로서 쏘비에뜨 현실에 보다 적극적으로 대응한다. 작품 「엄마와 중성자탄」(Mama i neitronnaya bomba, 1982)과 「푸꾸」(Fuku, 1985)에서 서정시와 서사시의 종합을 시도하고, 현대의 시공간 속에서 펼쳐지는 정치적 파노라마를 극적으로 재현한다. 뻬레스뜨로이까 시기에 그는 민주화 운동단체인 '메모리알'의 공동의장직을 맡고, 소련 인민대의원으로 활동한다. 소련 해체 이후 현실에 대한 회의, 피로, 환멸이 짙게 드리워진 시집들을 발표한 후, 1990년대 말부터는 시작활동을 접는다. 1990년대부터 그는 미국에서 주로 거주하면서 러시아 시선집 『세기의 시들』(Strofy veka)을 엮어 영어와 러시아어로 출간한다.

시작(詩作)뿐만 아니라 그의 표현대로 '다종다양한' 재능을 타고난 옙뚜셴꼬는 소설가, 영화감독, 배우, 씨나리오 작가, 방송인, 사진작가로도 활동하였으며, 2007년에는 록오페라를 기획·제작하기도 했다.

프롤로그

나는 다종다양
　　　　　나는 일벌레이자 무위도식자
나는 합목적적
　　　　　이면서 비非합목적적.
나는 전적으로 융화 불가,
　　　　　　　부적합,
수줍음 타면서 뻔뻔하고,
　　　　　　　사악하면서 선량하네.
모든 게 우왕좌왕인 게
　　　　　　　너무도 좋네!
내 속엔 온갖 것들이 뒤죽박죽
서방에서
　　　동방까지,
질투에서
　　　희열까지!
아무렴, 당신들은 나에게 말하겠지.
　　　　　　　　　"총체성은 어디 있소?"
오, 이 모든 것 속에 엄청난 가치가 있네!
나는 당신들에게 불가피한 존재.
풋풋한 건초를 가득 실은
화물트럭처럼
나는 머리끝까지 충만하네.

나는 사람들의 음성을 뚫고서
나뭇가지, 빛줄기, 지저귐 사이로 날아가네.
그러자
　　　나비가
　　　　　얼굴을 마주하고,
이윽고
　　　건초는
　　　　　틈새마다
　　　　　　늑늑해지네!
움직임과 열기,
그리고 욕망,
　　　　　위풍당당한 욕망 만세!
경계는 나에게 거추장스러운 것……
　　　　　　　　　　부에노스아이레스와
뉴욕을 모른다는 건
　　　　　나로서는 난처한 일.

원 없이 런던을 배회하고,
서투른 외국어라도 좋으니
　　　　　모두와 이야기하고 싶네.
소년처럼
　　　자동차에 매달린 채

아침의 빠리를 달리고 싶네!
나는 나처럼 다종다양한
                     예술을 원하네!
예술이 나를 못살게 굴고
사방에서 에워싸도록······
그러면 나는 그대로 예술에 포위되리라.
그러면 나는 저절로 온갖 모습을 띠리라.
나에게 친근한
              예세닌,
                 휘트먼,
무소르그스끼에 사로잡힌 무대,
고갱의 처녀다운 선線.
내 맘에 드는
              스케이트 타기
펜을 휘갈기며,
                 밤을 지새우기.
내 맘에 드는
              적에게 웃어주기,
여자를 안고 개울 건너기.
나는 책을 곱씹고
                 장작을 나르며,
서글픈 심정으로

희미한 무언가를 찾고,
새빨갛고 차가운
팔월의 수박을 아삭아삭 베어먹는다네.
나는 죽음 따위는 아랑곳없이,
                    노래하며 술을 마시고,
두 팔을 활짝 벌린 채
                풀 위에 드러눕는다네.
내가 만약 이승에서
                죽는다면,
그건 사는 게 죽도록
                행복하기 때문.

                                    1955년

214

볼가

우리는 러시아인. 우리는 볼가의 자손.
옥석처럼 묵직한
그녀의 느린 물결
그 의미 우리에게 충만하네.

그녀를 향한 러시아의 사랑은 영원하리.
꾸반과 드네쁘르도, 네바와 레나도
앙가라도, 예니세이도
혼신을 다해 그녀를 향해 흐르네.

점점이 빛나는 그녀의 전부를 나는 사랑하네.
온통 버드나무 숲에 둘러싸인……
그러나 러시아에게 볼가—그것은
강보다 훨씬 더 큰 것.

그렇다면 그녀는 무엇인가—이는 짧지 않은 이야기.
마치 시대와 시대를 이어가듯,
그녀는 라진[1]도, 네끄라소프도,
또 레닌도 되니—이 모든 게 바로 그녀.

---

[1] 스쩨빤 라진(Stepan Razin). 17세기 후반 볼가 강 유역에서 일어난 농민반란의 지도자. '스쩬까 라진'이라는 애칭으로 주로 불린다.

나는 볼가와 러시아에 충성을 다하네,
수난의 땅이 품은 희망에.
거대한 가족이 나를 길렀으니,
정성을 다해 나를 키웠으니.

기쁠 때나 슬플 때나
나 이렇게 살고 노래하리,
높은 산 위에 올라
볼가 앞에 마주 서듯이.

쩨쩨한 부끄러움 따위 아랑곳없이,
나는 싸우고 과오도 범하리.
아픈 상처 받을 테지만,
복수는 결코 하지 않으리.

나는 젊고 우렁차게 살아가리,
영원히 웅성거리며 푸르리,
이 세상에 볼가가 흐르는 한,
그대, 러시아가 있는 한.

1958년

바비야르²

바비야르에는 기념비라곤 없다.
조야한 묘비 같은 험준한 벼랑뿐.
나는 무섭다.
                    오늘 나는
유태민족만큼이나 나이를 먹었다.
어쩐지 오늘 나는
                    저 옛날 유태인.
나는 지금 고대 이집트를 배회한다.
그런데 나 여기, 십자가에 매달려 숨을 거두니,
지금까지 나에게 남아 있는 못 박힌 자국.
어쩐지 내 느낌에, 드레퓌스
                        그는 바로 나.
속물근성
        그것은 나의 밀고자이자 재판관.
나는 투옥되었고
                감금되었다.
박해받고,
        모욕당하고,
                비방당한 채.
브뤼셀풍 소매장식의 부인네들은

---

2 우끄라이나 끼예프 외곽의 협곡. 1941년 독소전쟁 때 독일군이 이곳에서 이틀 동
안 3만명이 넘는 유태인들을 학살하고 매장하였다.

괴성을 지르며 양산으로 내 얼굴을 찌른다.
어쩐지 내 느낌에
                    나는 비아위스또끄³의 소년.
피가 흘러내려, 바닥에 흥건히 번진다.
선술집의 두목들이 행패를 부리며
동강난 양파와 보드까 냄새를 풍긴다.
발길질에 내동댕이쳐진 무력한 나.
나는 헛되이 학살자들에게 읍소한다.
껄껄대며 하는 말.
"유태놈들을 두들겨패, 러시아를 구하라고!"
곡물가게 주인이 우리 엄마를 강간한다.

오, 나의 러시아 민중이여!
                    그대는 본질적으로
국제주의자임을
              나는 안다.
그러나 종종
          더러운 손 지닌 자들이
순결하기 그지없는 그대의 이름을 떠들어댄다.
그대의 대지가 품은 선량함을 내가 아는데.

---

3 폴란드 북동부에 있는 도시. 2차대전 당시 소련 영토였던 이곳에서 주민의 대다수를 차지하던 유태인들이 독일군에 의해 무참히 살육당했다.

유태인 혐오자들이

　　　　　　　눈도 깜박하지 않고

스스로를

　　　　　"러시아인민연합"이라고

호사스럽게 명명하다니

　　　　　　　그 얼마나 비열한가!

어쩐지 내 느낌에,

　　　　　　　내가 바로 안네 프랑크,

사월의 나뭇가지처럼

　　　　　　　투명한 소녀.

나 역시 사랑을 한다.

　　　　　　　나에게도 미사여구 따윈 필요 없다.

나에게 필요한 것은

　　　　　　　우리가 서로를 바라보는 것.

볼 수 있고 냄새 맡을 수 있는 게

　　　　　　　　얼마나 적은가!

우리는 나뭇잎도

　　　　　　　하늘도 볼 수 없다.

그러나 아주 많은 것이 가능하니

　　　　　　　　그것은 어두운 방 안에서

서로를 다정하게 얼싸안는 것.

사람들이 이리로 오고 있다고? 두려워 마라—
이 울림은 봄이 이곳으로 다가오는 소리.
나에게 오라. 어서 나에게 키스해다오.
문을 부수고 있다고? 아니, 이것은 유빙遊氷의 소리……

바비야르에는 야생풀들이 사각거린다.
나무들은 판관처럼 준엄하게 바라본다.
여기는 모든 것이 침묵으로 소리치고,
                              어쩐지 내 느낌에,
모자를 벗은 채,
              서서히 백발이 되어가는 듯.
나 자신 또한
            그칠 줄 모르는 소리 없는 비명처럼
매장된 수만명의 사람들 위에 서 있다.
나는
    여기서 총살된 노인들 한사람, 한사람.
나는
    여기서 총살된 아이들 한명, 한명.
내 안의 그 무엇도
                이것에 관하여 잊지 못하리!
지상의 마지막 유태인 박해자가
영원히 땅속에 묻히는 그때

「인터내셔널가」가
　　　　　　울려퍼지게 하라!

내 핏줄 속에 유태인의 피는 흐르지 않는다.
그러나 거친 악의를 뿜는 나를
모든 유태인 박해자들은
　　　　　　　　유태인처럼 증오한다.
왜냐하면,
　　　나는 진정한 러시아인이니까!

　　　　　　　　　　　　　1961년

스딸린의 후계자들

대리석은 침묵하였다.

　　　　　유리는 말없이 희미하게 빛났다.

바람결에 누렇게 바래가며

　　　　　　　말없이 보초가 서 있었다.

관에서 살짝 김이 나왔다.

　　　　　　무덤문 밖으로

관을 끌어냈을 때

　　　　　거기서 숨결이 흘러나왔다.

총검의 끝에 스치면서

　　　　　　　관이 천천히 미끄러져 나왔다.

그것 또한 말이 없었다,

　　　　　　그것 또한!

　　　　　　　그러나 그것은 위협적인 침묵이었다.

향유 바른 두 주먹을

　　　　　　음울하게 불끈 쥐고서,

죽은 척하고 있는 인간이

거기 틈새로

　　　　주시하는 중.

그는 자신을 끌어낸

　　　　　　랴잔과 꾸르스끄의 젊은

　　　　　　　　　신병들

모두를 기억해두려는 심산.

어떻게든 나중에

        불시에 기습할 힘을 모아서

땅속에서 벌떡 일어나 아둔한 그들을 혼쭐내고자.

그는 무언가 궁리 중.

          그는 단지 쉴 요량으로 누워 있을 뿐.

그러니 나는 우리 정부에 청원을 하는 중.

스딸린이, 스딸린과 함께 과거가

             일어나지 못하게

이 묘석 앞에

      보초를 두세배로 늘려달라고.

우리는 정직하게 씨를 뿌렸고,

           정직하게 금속을 제련했으며,

우리는 전투 대형을 이루어

       정직하게 행군하였다.

그러나 그는 우리를 두려워했다.

       그는 위대한 목표에 대한 신념을 지녔으나

수단이 목표에 합당해야 함을 고려하지 않았다.

그는 선견지명이 있었다.

       전투의 법칙에 노련하여

수많은 후계자들을

      지구상에 남겼다.

마치 그의 관 속에
　　　　　　전화기가 설치되어 있는 듯.
누군가에게 또다시 명령을 전하는
　　　　　　　　스딸린.

전화선은 저 관에서 어디로 더 뻗어나가나?
아니다, 스딸린은 굴하지 않았다.
　　　　　　　　그는 죽음을 회복 가능한 것으로 여긴다.
우리는 그를 무덤에서
　　　　　　끌어냈지만,
스딸린의 후계자들 사이에서
　　　　　　　　스딸린을 어떻게 끌어낼 것인가?
어떤 후계자들은 퇴직하여 장미를 손질하는 중이나,
내심 품은 생각은
　　　　　　이 퇴직은 일시적인 것.
어떤 이들은
　　　　　심지어 연단에서 스딸린을 비난하고는
밤마다
　　혼자서
　　　옛 시절 그리워한다.
오늘날 스딸린의 후계자들이 심장마비로 쓰러지는 건
아마도 나름의 까닭이 있는 듯.

　　　　　　　　　한때 사회의 주축이었던 그들에게
이 시대는 탐탁지 않으니.
　　　　　　　　수용소는 텅 비고,
사람들이 시를 낭송하는
　　　　　　　　　홀들이
　　　　　　　　　　차고 넘치니.

조국은 나에게 안심하지 말라고 명했다.
사람들이 아무리 "안심하라!" 한들,
　　　　　　　　　　　　나는 감히 평안할 수 없으니.
스딸린의 후예들이 지상에 아직도
　　　　　　　　　살아 있는 한,
내 눈에는 여전히 건재한
　　　　　　　　무덤 속의 스딸린.

　　　　　　　　　　　　1962년

러시아에서 시인은[4]

러시아에서 시인은 시인 그 이상.
거기서 시인으로 태어날 운명은
오로지 오만한 시민정신 품은 자의 것,
그는 안락도 안식도 누릴 수 없다.

거기서 시인은 자기 시대의 형상
그리고 미래의 순수한 원형.
시인은 소심하게 주저하는 법 없이,
자기 이전의 모든 걸 결산하므로.

내가 그럴 수 있느냐고? 문화가 빈곤한데……
예언의 능력도 부족한데……
그러나 러시아의 혼이 내 위에 떠돌면서
과감하게 시도하라고 명령한다.

그리하여 조용히 무릎 꿇고서
죽음도 승리도 각오한 채,
겸허하게 당신들에게 도움을 청하노라,
위대한 러시아의 시인들이여……

---

4 옙뚜셴꼬의 서사시 「브라쯔끄 수력발전소」(Bratskaya GES)의 서시.

뿌시낀이여, 당신의 경쾌한 선율과
거침없는 언변과
매혹적인 운명을 나에게 주소서.
짓궂은 장난을 치듯이, 말로써 자극하는 능력을.

레르몬또프여, 당신의 표독스러운 시선과
당신의 독기 서린 경멸과
굳게 잠긴 영혼의 승방을 나에게 주소서.
당신의 사악함의 누이—
비밀스러운 선량함의 현수등이
고요한 그곳에서 몰래 숨 쉬고 있으니.

네끄라소프여, 나의 객기를 잠재우고,
현관이나 철로변
광활한 숲과 들판에서
매 맞는 당신의 뮤즈의 고통을 나에게 주소서.
당신의 투박함의 힘을 나에게 주소서.
당신의 수난의 위업을 나에게 주소서.
예인망으로 배를 끄는 인부들처럼
러시아 전체를 끌고 갈 수 있도록.

오, 블로끄여, 예언적인 몽롱함과

기울어진 두 날개를 나에게 주소서.
영원한 수수께끼 숨긴 채,
온몸에서 음악이 흘러나오도록.

빠스쩨르나끄여, 변화무쌍한 날들과
쑥스러워하는 나뭇가지와
냄새들, 그림자들과 맞물린
시대의 고통을 나에게 주소서.
말들이 뜰이 되어 웅얼거리며
피어나고 자라나도록,
그대의 촛불 내 안에서
영원히 타오르도록.

예세닌이여, 나에게 부디
자작나무와 초원, 짐승과 사람들에 대한 상냥함을 주소서.
당신과 내가 속수무책으로 사랑하는
이 지상의 모든 타자에 대한 정다움을.

마야꼽스끼여, 나에게
　　　　　　육중함과
　　　　　　　광포함과
　　　　　　　　베이스의 음성을,

사회적 폐기물에 대한 준엄한 비타협성을 주소서,
나 또한

     시간을 돌파하며,
그것에 관하여

        후손 동지들에게 이야기할 수 있도록……

                  1965년

흰 눈이 내리네

흰 눈이 내리네,
가지런히 미끄러지듯……
이 세상에 살면 좋겠지만,
그러나 아마도 안되겠지.

누군가의 영혼이 저 멀리
흔적도 없이 녹아서는
마치 흰 눈처럼
땅에서 하늘로 오르네.

흰 눈이 내리네……
나 또한 떠나리니.
나 죽음을 슬퍼하지 않으며
불멸 또한 고대하지 않네.

나 기적을 믿지 않네.
나는 눈도 별도 아니니,
더이상 나는 다시는, 다시는
존재하지 않으리.

죄 많은 나에게 드는 생각,
그럼 나는 대체 누구였나,

조급하게 살면서 무엇을
삶보다 더 사랑했는가?

나는 러시아를 사랑했네,
내 피와 척추를 다하여—
넘쳐흐르거나
얼어붙은 그녀의 강물,

농가에 깃든 그녀의 영혼,
솔숲에 깃든 그녀의 영혼,
그녀의 뿌시낀, 스쩬까,
그녀의 노인들을.

고달픈 적 있어도,
섣불리 한탄하지 않았네.
볼품없이 살았다 해도,
러시아를 위해 나는 살았네.

나는 희망을 잃는다네,
(남모를 불안에 애태우며)
다만 눈곱만큼이나마
내가 러시아에 보탬이 되었기를.

그녀가 나를
쉽사리 잊는다 해도,
오직 그녀만은
영원히, 영원히 존재하길.

흰 눈이 내리네,
모든 시대에 그랬듯이,
뿌시낀과 스쩬까 시대에도,
나 떠난 후에도.

함박눈이 내려서
눈이 시리도록 빛나고,
내 자취도 타인의 자취도
흔적 없이 사라지네.

불멸의 능력은 없으나,
내 희망은 있으니,
러시아가 존재한다면,
나도 곧 존재하리라는 것.

1965년

해설

옙뚜셴꼬는 해빙기 러시아 시의 혁신적인 흐름을 주도한 선두주자이자 안드레이 보즈네센스끼(Andrei Voznesenskii)와 더불어 가장 큰 대중적 인기를 누린 쏘비에뜨 시인이다. 스딸린이 사망할 당시 스무살이었던 그는 자유와 개혁을 요구하는 동시대 러시아인들의 정서를 예리하게 포착하고 그것에 즉각적이고 적극적으로 부응하는 시들을 정력적으로 써내려갔다. 1950년대 후반과 1960년대에 창작된 그의 전성기의 대표작들은 웅변적인 어조와 시민적인 파토스가 넘치는 현실참여적인 시들이다. 그것들은 눈으로 읽히기보다는 수많은 청중 앞에서 낭송되어야 제맛이 나는 '연단시'에 속한다. 옙뚜셴꼬의 자작시 낭송은 일종의 대사회 퍼포먼스라고 할 수 있을 정도로 대중적 영향력이 막강했다. 당시나 지금이나 독자들은 그의 시를 읽으면서 그의 음성과 표정, 몸짓을 상상하게 된다.

옙뚜셴꼬의 시는 정치적 해빙이 가져다준 삶에 대한 낙관적 전망을 바탕에 깔고 있다. 그의 시는 자유를 맞이한 쏘비에뜨인들의 행복감을 직설적으로 토로한다. 「프롤로그」에서 자유의 기쁨은 넘쳐흐르는 삶에 대한 자신감과 열정, 자아실현의 긍정적 에너지로 발현된다. 삶에 대한 낙관적 전망은 부에노스아이레스, 런던, 빠리를 종횡무진으로 질주하면서 예세닌, 휘트먼, 고갱을 두루 섭렵하는 코즈모폴리턴적 상상력을 추동하고 '세계인'으로서의 쏘비에뜨인이라는 신화를 창조한다. 「프롤로그」를 비롯한 해빙기 시들의 과장된 스케일과 생경하고 직설적인 어휘, 파격적인 운율, 우렁찬 남성적인 톤은 마야꼽스끼적인 어조와 스타일을 계승한 것으로 볼 수 있다.

옙뚜셴꼬 시의 또다른 특징은 애국적 파토스이다. 「볼가」와 「흰 눈이 내리네」는 애국시의 대표작으로, 이 계열의 시들은 '위대한 불멸의 러시아'라는 신화를 구축한다. 이 신화 속의 주인공은 조국 러시아와 조국이 낳은 영웅들이다. 위대한 러시아 시인들과 옙뚜셴꼬 자신 또한 그러한 영웅들의 반열에 오른다. 언급했던 낙관주의나 애국주의, 코즈모폴리터니즘이 특유의 대중적이고 공격적인 화법과 더불어 옙뚜셴꼬 시학의 주된 요소임은 분명하다. 그러나 그의 고유한 매력은 역시 시민적 주제를 다룬 저항시에서 느낄 수 있다. 적어도 1950~60년대 옙뚜셴꼬의 작품들은 '소련의 저항시인'이라는 이름에 걸맞은 예리하고 대담한 비판과 풍자의 시학을 구축하고 있다. 그중에서도 「바비야르」와 「스딸린의 후계자들」은 당대에 엄청난 사회적 파장을 불러일으켰다. 소련 내에 암묵적으로 존재하는 반유태주의, 해빙 이후에도 여전히 잔존하는 스딸린주의에 대한 저 대담한 시적 폭로는 옙뚜셴꼬 시의 특징인 시민적 전통과 행동주의를 여실히 드러낸다.

안드레이 안드레예비치 보즈네센스끼
(Andrei Andreevich Voznesenskii, 1933~2010) ——————————

안드레이 안드레예비치 보즈네센스끼는 1933년 5월 12일 모스끄바에서 태어났다. 유년시절부터 그는 줄곧 화가의 꿈을 품고 자랐다. 그러던 그는 열네살 되던 해 소년다운 치기로 당대 최고의 시인이던 빠스쩨르나끄에게 자작시를 보낸다. 그의 시를 읽고 천재성을 감지한 빠스쩨르나끄는 미래의 시인에게 격려와 칭찬을 아끼지 않았으며 자기 집으로 초청하기까지 한다. 이는 화가 지망생이던 소년에게 시인이 될 운명을 예고해준 인상적인 사건이었다. 훗날 시인이 된 보즈네센스끼는 빠스쩨르나끄가 살고 있던 뻬레젤끼노에 정착하여 자신의 문학적 스승 곁에서 생을 보내게 된다.

청년이 된 보즈네센스끼는 건축가를 진로로 택하여 모스끄바 건축대학에 진학하였지만, 1957년 대학을 졸업한 후에는 문학에 투신한다. 1958년 『문학신문』(Literaturnaya gazeta)을 통해 등단한 후 그는 이듬해 서사시 「거장들」(Mastera)을 발표함으로써 소련 현대문학계의 일원이 된다. 예브게니 옙뚜센꼬, 벨라 아흐마둘리나(Bella Akhmadulina), 로베르뜨 로즈제스뜨벤스끼(Robert Rozhdestvenskii)와 같은 젊은 시인들과 함께 그는 당시 '종합기술교육박물관'에서 개최된 '시의 연회'의 연단에 올라 수천명의 청중 앞에서 자작시를 낭송하였으며, 당시까지 금기시되었던 주제들과 혁신적인 스타일을 과감하게 선보였다.

1960년에 보즈네센스끼는 시집 『포물선』(Parabola)과 『모자이크』(Mozaika)를 연달아 출간한다. 1962년부터는 루지니끼 스타디움에서 열리게 된 시낭송회에서 그는 엄청난 인기를 구가한다. 1963년 끄렘린에서 있었던 문학예술인 대표들과 국가지도부와의 만남에서 당시 소련 공산당 서기장이었던 흐루쇼프는 보즈네센스끼를 '부르주아 형식주의자'라고 비방하고 노골적으로 경고하고 협박한다. 이후 한동안 보즈네센스끼 비판운동이 전국에서 전개되자 그는 도망치듯 지방을 떠돌아다니며 혁명과 레닌을 찬양하는 서사시를 쓴다.

1964년에 모스끄바 따간까 극장에서 보즈네센스끼 시낭송회가 열리는데 이를 계기로 시인과 따간까 극장 사이에 각별한 인연이 맺어진다. 1965년 그의 연작시 「반(反)세계」(Antimiry)가 연극으로 상연되어 관객들로부터 열렬한 호응을 받는다. 이후 그는 극장과 협력하여 여러 연극과 오페라 대본을 집필한다.

1979년에 그는 진보적인 문인들의 비공식 문집 『메트로폴』(Metropol')출간에 참여한다. 1981년 렌꼼 극장에서 그의 서사시를 각색한 록오페라 「유노와 아보시」(Yunona i Avos')가 초연되었으며, 이후 이 공연은 해외에서도 각광을 받게 된다.

말년에 시인은 '비데옴'(videom)이라 불리는 새로운 종합예술 장르를 개발한다. 그림과 활자텍스트가 융합된 그의 비데옴 전시회가 모스끄바, 베를린, 빠리, 뉴욕에서 성황리에 개최된다. 위대한 쏘비에드 시인으로서 존경과 영예를 누리던 보즈네센스끼는 2010년 7월 1일 뻬레젤끼노의 별장에서 숙환으로 사망한다.

보즈네센스끼는 2000년대까지 서른권에 가까운 시집을 상재하였다. 대표적으로 앞서 언급된 연작시 『반(反)세계』(Antimiry, 1964), 시선집 『아킬레우스의 심장』(Akhillesovo serdtse, 1966), 『소리의 그림자』(Ten' zvuka, 1970), 『시선』(Vzglyad, 1972), 『장식유리공』(Vitrazhnykh del master, 1976), 『유혹』(Soblazn, 1979), 서사시 『참호』(Rov, 1986) 등을 꼽을 수 있다. 그의 수많은 시들은 곡이 붙여져서 오늘날까지 러시아에서 널리 애창되고 있다. 그중 「백만송이 빨간 장미」(Million alykh roz)는 한국인들에게도 잘 알려진 노래이다.

고야[1]

나는 고야!
적은 헐벗은 들판으로 하강하며
　　　　　내 눈구멍을 포탄 구덩이처럼 쪼아먹었다.

나는 고통.

나는 전쟁의
고성高聲. 1941년 불타버린
　　　　　도시의 눈 덮인 잔해

나는 기근.

나는 목매단 아낙의 목구멍.
그녀의 육신은 텅 빈 광장 위에서
　　　　　종처럼 뎅그렁거린다.

나는 고야!

오, 징벌의
포도송이여![2] 나는 불청객의 유해를

1 프란시스꼬 데 고야(Francisco de Goya, 1746~1828). 스페인의 화가.
2 '징벌의 포도송이'는 존 스타인벡의 소설 『분노의 포도』(1939)에서 민중의 분노

　　　　　　　　　일제사격으로 서방을 향해 날려보냈다!
그리고 추도의 하늘에 단단한 별을
못처럼 박았다.

나는 고야.

1959년

반反세계

우리 이웃사촌 부까시낀
압지壓紙 색깔의 속바지 차림.
그런데 그이의 머리 위에는
풍선처럼 반세계들이
                    붉게 빛나네!

거기서 세계를 다스리는 자는
악마 같은 마법적 존재, 학술원 회원
안띠부까시낀, 그는 드러누운 채
롤로브리지다³를 더듬네.

그러나 안띠부까시낀의 꿈에 아른거리는 건
압지 색깔의 환영들.

반세계들이여 만세!
시시껄적한 일들에 푹 빠진 공상가들.
멍청한 자들 없으면, 영리한 자들도 없고
까라꿈⁴ 없으면, 오아시스도 없는 법.

여성들이란 없다.
                    존재하는 건 반反남성들,

---

3 지나 롤로브리지다(Gina Lollobrigida, 1927~). 이딸리아의 여배우.
4 뚜르끄메니스딴에 있는 사막.

숲속에서 울부짖는 건 반反자동차.
지상의 소금이 있다. 지상의 오물도 있고.
뱀이 없으면 매는 여위는 법.

나는 나의 평론가들을 사랑한다.
그들 중 한명의 모가지 위에는
향기로운 대머리의
반反두뇌가 번쩍인다!

……창문을 열어둔 채 잠을 자는데,
어디선가 휘익 획 유성이 낙하하는 소리.
마천루는
            종유석처럼
지구의地球儀 복부에 매달려 있다.

내 밑에는
            고꾸라진 자세로
지구에 포크로 꽂힌
만사태평의 사랑스러운 나비,
너도 살고 있구나,
                  나의 조그만 반세계여!

왜 반세계들은

한밤중에 만나는 걸까?

왜 그들은 둘이 함께 앉아
텔레비전을 보는 걸까?

그들은 한두마디 말도 알아듣지 못하고,
그들의 처음 한번은 마지막 한번!

품위 따윈 아랑곳없이, 앉아 있으니
나중에 고생 좀 하겠군!
두 귀가 벌겋게 달아오르니,
흡사 나비가 앉아 있는 형국……

……안면이 있는 강사가 어제 나에게
했던 말. "반세계라고? 시시껄렁한 것들!"

잠든 나는 잠에 취해서 뒹구는데,
아마도 괴짜 학자의 말이 옳았던 듯……
내 고양이는 라디오 수신기인 양
초록 눈동자로 세계를 포획하는 중.

1961년

정적을 원한다!

정적을 원한다, 정적을……
신경이 불에 데기라도 했는지?
정적을 원한다……
                    소나무 그림자가
우리를 간질이며,
장난기를 식히려는 듯,
등줄기를 따라 새끼발가락까지 옮겨가도록

정적을 원한다……

소리가 마치 끊어진 듯,
색조를 띤 너의 눈썹은 뭐라고 불러야 할까?
이해한다는 건
                말이 없는 것.
정적을 원한다.

소리는 빛보다 뒤처지는 것.
우리는 너무 자주 입을 여는 편.
참된 것은 명명할 수 없는 법.
느낌과 빛깔로 살아야 한다.

피부 또한 감수성과 음성을 지닌

사람 아니겠는가.
종달새 노래가 귓가에 울리듯
감촉은 피부에 음악적인 것.

당신들, 공론가들이여, 거기서 지내기는 어떤가,
티타임, 그리고 또다시 뒷공론인가?
목청 큰 사람들은 실컷 고함지르지 않았는가?

정적을 원한다……

우리는 다른 것에 침잠한다.
현묘한 자연의 추이에.
코를 찌르는 연기 냄새로
우리는 목동들이 지나가는 줄 안다.

그런즉 이제 저녁. 더운 음식이 끓는다.
목동들은 그림자처럼 조용히 담배를 피운다.

그리고 개들의 고요한 혀가
라이터의 불꽃처럼 빛난다.

1963년

안드레이 안드레예비치 보즈네센스끼 243

전례 없이 고통스러운 시절

전례 없이 고통스러운 시절
심장 없이 사는 게 나의 꿈.
특등 사수들이 사정없이 관통상을 입혔네―
까짓것, 겁낼 거 없네!

체처럼 구멍 숭숭 뚫린 나
소란을 수습하네.
"창살 안을 들여다보듯, 나를 좀 보시오―
참으로 멋진 광경이잖소!"

그런데 과연 총은 감지할 것인가,
거기,
      칼날에서 일 밀리미터 떨어진 곳에서
고통의 실에 결박된 채 박동하는 너,
나의
      아킬레우스의
                심장을!?

조심하오, 내 사랑, 쉿……
나는 요란스레 장소를 옮겨다니며
러시아를 질주하고―
                새처럼

둥지 저편으로 총탄을 유인하네.

여전히 아픈가? 밤마다 욱신거리는가?
그뿐만이 아닐세!
거친 손으로 만지지 말게.
경련이 일어 나자빠질 지경.

우리를 혼내주는 건 불가능.
참아내는 건 더더욱 불가능.
그러나 그보다 더 불가능한 것은
                    별안간 저격수가
실을
    끊어버리는 것!

1965년

숨이 멎을 듯

내 어깨를 두 손으로 감싸고
껴안아주오.
오직 입술만이 내 입술에 숨을 내쉬고,
등 뒤에는 바닷물만 철썩이도록.

우리의 등은 달빛 받은 조가비처럼,
지금 막 우리 뒤에서 꼭 다물어졌네.
서로에게 기대어 귀 기울이는 우리는
흡사 두 겹의 생生의 공식.

온 세상 어릿광대극의 풍파 속에서
두 손바닥으로 불꽃을 지키듯,
우리 사이에 일어나는 것
두 어깨로 감싸네.

진실로, 세포마다 영혼이 깃들어 있다면,
자신의 통풍구를 열어놓으라.
내 숨구멍마다 그대의 포획된 영혼
칼새처럼 파닥이리니!

비밀스러운 모든 것 점점 드러나네.
과연 쏟아지는 야유 소리에

포옹을 풀고 나면, 우리 시들고 말까—
소리 없는 조가비처럼?

요란한 소동이여, 당분간은
탄력적인 등껍질을 압박해다오!
그것이 우리를 서로에게 침잠케 하나니.

이윽고 우리 잠드네.

1965년

현재에 대한 향수

남들은 어떨지 모르나,
내가 절절히 느끼는 것은
과거에 대한 향수가 아니라
현재에 대한 향수.

주님께 다가가고 싶지만
수도원장만 알현 가능한 수도사 같은 처지.
나는 부디 아무 중개자 없이
현재와 대면하기를 간청한다.

마치 내가 뭔가 별난 짓을 저지른 듯,
혹은 나 아닌 다른 이들이 그런 듯.
자그마한 풀밭 위에 드러누워
살아 숨 쉬는 대지에 대한 향수를 느낀다.

너와 나를 갈라놓을 자 아무도 없건만,
너를 품에 안으면,
지독한 그리움으로 품에 안으면,
마치 누군가가 너를 앗아가는 듯.

뜰을 향해 활짝 열린 창문도
고독을 달래주지 못한다.

나는 예술이 그리운 게 아니라,
현재가 그리워 허덕인다.

길을 잘못 든 동료의
비열한 장광설을 들을 때,
사본이 아니라 진본을 찾는 나
참된 그를 그리워한다.

모든 게 플라스틱 제품, 누더기조차도.
피상적으로 사는 건 지긋지긋.
미래에는 너와 나 존재하지 않겠지만,
그래도 교회당은……

머저리 같은 마피아
내 면상에 조롱 퍼부을 때
내가 하는 말. "머저리들은 과거로,
현재는 발전된 이해력의 시대."

수도꼭지에서 검은 물 흘러나오고,
불그죽죽한 고인 물 흘러나오고,
수도꼭지에서 녹물 흘러나오니,
진짜 물이 나올 때까지 나는 기다릴 테다.

지나간 것은 지나간 것. 잘된 것.
그러나 나는 마치 비밀을 삼키듯,
현재에 대한 향수를 베어문다.
그것은 도래하겠지만, 나는 맞이하지 못하리.

1975년

해설

보즈네센스끼는 앞서 소개된 옙뚜셴꼬와 함께 '60년대인들'이라 불리는 소련 전후세대의 시대의식과 감수성을 대변한다. 나아가 그는 과학기술혁명과 휴머니즘 몰락의 시대를 살아가는 현대인의 보편적인 위기의식에도 주목한다. 보즈네센스끼의 시 역시 청중 앞에서 낭송되는 '연단시'의 성격이 강하지만, 사회적 불의에 대한 저항에서부터 문명과 진보의 의미에 대한 철학적 성찰에 이르기까지 주제 면에서 매우 폭넓은 스펙트럼을 보인다. 자유롭고 파격적인 운율과 리듬, 예기치 못한 비유들, 산문과 시의 결합, 시와 회화의 융합 등 형식적인 면에서도 그의 시는 다양한 실험적·전위적 양상을 드러낸다.

보즈네센스끼의 시에서 특히 주목되는 것은 폭력과 고통에 대한 예민한 반응이다. 그중에서도 유년시절에 겪은 전쟁은 시인에게 폭력과 고통에 대한 원형적 기억과 상흔을 새겨놓았다. 시 「고야」는 그러한 전쟁의 참상을 회화적 이미지로 구현하고 있다. 대학에서 건축학을 전공한 이력에서 짐작되듯이 보즈네센스끼의 시에서 큰 비중을 차지하는 것은 시각적인 요소들로서 그 대표적인 예가 「고야」이다. 1959년 발표될 당시 시단의 비상한 주목을 받았던 이 시는 전쟁 자체(제2차 세계대전)의 기억뿐 아니라 전시에 시인이 접했던 고야의 그림들을 기저에 깔고 있다. 특히 고야의 연작판화 「전쟁의 참화」가 이 시에서 뚜렷하게 연상된다. 「고야」에서 지배적인 것은 회화적 이미지이지만, 청각적인 이미지 역시 전쟁의 비극성을 구현하는 데 중요한 몫을 한다. 러시아어를 소리나는 대로 옮겨보자면, "야-고야" "야-고레" "야-골로드" "야-고를로"라는 비슷한 소리의 단문들이 연이어 배치되어 있는데, 이는 텍스트가 마치 단말마의 비명들로 구성된 듯한 느낌을 자아낸다.

「반(反)세계」와 「전례 없이 고통스러운 시절」은 시인이 겪은 수난과 불의를 풍자와 아이러니를 통해서 형상화하고 있다. 1963년 끄렘린에서 열린 '당 및 정부 지도자와 문학예술인 연석회의'에서 당 서기장 흐루쇼프로부터 공개적으로 비판을 받은 보즈네센스끼는 그후 한동안 일종의 도피생활을 하게 된다.

한편 이 시기에 어용 문인들의 주도하에 그를 공격하는 캠페인이 대대적으로 전개된다. 이와 같은 개인적 수난사가 이 두편의 시에 반영되어 있다. 「반세계」에 등장하는 부가시긴과 안띠부까시긴은 학대받는 시인과 그를 비판하는 어용 비평가들의 희화화된 형상이다. 「전례 없이 고통스러운 시절」의 '특등 사수'나 '저격수', 그리고 '아킬레우스의 심장' 역시 시인을 맹공격했던 비평가들과 고통에 민감한 시인을 각각 지칭한다. 「고야」의 비장한 어조와는 달리 이 두편의 시에서는 보즈네센스끼 특유의 익살과 자기 아이러니가 돋보인다. 시인은 자기 자신을 비극적 영웅이 아니라 '속옷 차림의 부가시긴'(「반세계」)이나 '체처럼 구멍 숭숭 뚫린 나'(「전례 없이 고통스러운 시절」)와 같이 무력하고 초라한 희생양으로서 자조적으로 묘사하고 있다.

「숨이 멎을 듯」은 발표 당시로서는 파격적이었을 법한 내밀한 사랑의 에로틱한 묘사이다. "온 세상 어릿광대극의 풍파 속에서/손바닥으로 불꽃을 지키듯,/우리 사이에 일어나는 것/두 어깨로 감싸네."에서 보듯이 이 시는 두 남녀의 사랑행위가 함축하는 개인적 삶의 절대적 가치를 비상한 은유들을 통해서 표현하고 있다.

「현재에 대한 향수」에서는 중의적이고 역설적인 표현이 눈에 띈다. '현재'(nostoyashchee)라는 러시아어는 '진정한 것' '참된 것'을 뜻하기도 한다. 그러므로 '현재에 대한 향수'는 '참된 것에 대한 그리움'을 역설적으로 강조하고 있는 것이다. 결국 '현재에 대한 향수'는 '참된 것이 결핍된 혹은 부재하는 시대'에 대한 문제제기인 셈이다. 아울러 이 표현은 '플라스틱'이 상징하는 기술문명에 대한 근본적인 회의 또한 내포하고 있다.

벨라 아하또브나 아흐마둘리나

(Bella Akhatovna Akhmadulina, 1937~2010)

벨라(이자벨라) 아하또브나 아흐마둘리나는 1937년 4월 10일 모스끄바에서 태어났다. 유년기에 이미 시작(詩作)에 재능을 보였던 그녀는 중고등학생 시절 문학써클 활동을 통해서 문재(文才)를 키워나갔다. 1955년 고리끼 문학대학에 입학한 그녀는 학업과 창작을 병행하였다. 그해 5월 소련의 유력 일간지인 『꼼소몰스까야 쁘라브다』(Komsomol'skaya pravda)에 시 「조국」(Rodina)이 실리면서 그녀는 문단의 신예로서 주목을 받게 된다.

1957년 아흐마둘리나는 기존의 쏘비에뜨 시의 규범과 관례를 따르지 않고, 빠스쩨르나끄, 아흐마또바, 쯔베따예바와 같은 반(反)쏘비에뜨적인 '저주받은 과거'를 재현한다는 이유로 비평가들로부터 호된 비판을 받는다. 급기야 1959년에는 빠스쩨르나끄에 대한 공개비판에 동참하지 않은 것에 대한 보복으로 고리끼 문학대학에서 퇴학까지 당한다. 다행히 같은 해 10월에 그녀는 대학에 복학하여 이듬해에 학위를 취득한다.

1962년에 그녀는 첫 시집 『현』(Struna)을 상재한다. 시집 발간 이전까지 아흐마둘리나는 첫 남편이었던 옙뚜셴꼬를 비롯하여 보즈네센스끼, 로즈제스뜨벤스끼와 함께 '시의 사중주단'의 일원으로서만 인식되었으나, 시집이 발간되자 비로소 그녀의 독자적인 시세계가 독자와 평단으로부터 정당한 주목을 받게 된다. 이후 그녀는 TV와 영화 등에 출연하면서 당대 여류시인으로서는 독보적인 대중적 영향력과 인기를 누리게 된다. 두번째 시집 『오한』(Oznob)이 1968년 프랑크푸르트에서 출간되고, 뉴욕과 영국에서 연이어 번역본이 출간된다. 그러나 『음악 수업』(Uroki muzyki, 1969), 『시』(Stikhi, 1975), 『촛불』(Svecha, 1977), 『눈보라』(Metel', 1977)와 같은 후속 시집들은 당국의 검열에 의해서 상당 부분이 '잘려나간' 채 출간된다. 그녀의 시집들은 발간될 때마다 첨예한 찬반 양론을 불러일으키며 해외 언론의 조명을 받곤 했다.

1976~77년에 그녀는 프랑스, 이딸리아, 미국 등 여러 나라를 방문하고, 1977년

에는 미국 예술문학아카데미 명예회원이 된다. 그녀는 문학비평과 외국 시의 번역에도 남다른 재능을 발휘하였는데, 특히 1970년에 방문한 조지아(그루지야)의 시와 문인들에 대한 그녀의 사랑은 각별했다.

1980년대를 거쳐 1990년대까지 그녀는 왕성하게 글을 쓰며 『비밀』(*Taina*, 1983)과 『정원』(*Sad*, 1987), 『패물함과 열쇠』(*Larets i klyuch*, 1994) 등의 시집을 발표한다. 시인으로서도 개인적으로도 부족함 없는 유복한 삶을 살았던 아흐마둘리나는 2010년 11월 29일 뻬레젤끼노의 별장에서 노환으로 타계한다.

아흐마둘리나의 시 중에서 가장 널리 알려진 것은 로망스[1] 곡이 붙여져 애창되어온 「몇년째 내 집 앞 거리에」(Po moei ulitse kotoryi god)이다. 영화 「운명의 아이러니 혹은 시원하시죠」(Ironiya sud'by ili s legkim parom)에 삽입된 덕에 너무나 유명해진 이 곡은 오늘날까지도 러시아인들의 심금을 울리고 있다.

---

[1] 러시아의 전통적인 대중음악 장르로서 주로 서정시에 곡을 붙인 성악곡 형식을 취하며, 감미롭고 슬픈 가사와 멜로디를 특징으로 한다.

나에게 많은 시간을 내주지 마세요

나에게 많은 시간을 내주지 마세요,
나에게 질문도 던지지 마세요.
착하고 믿음직한 눈길로
내 손을 어루만지지 마세요.

봄날에 웅덩이들 건너며
내 발자국 뒤쫓지 마세요.
난 알고 있어요, 이 만남 또다시
부질없는 짓임을.

당신은 내가 오만하여
당신과 사귀지 않는다 생각하시죠?
오만함이 아니라 슬픔 때문에
나 이토록 꼿꼿하게 고개 들고 있는데.

1958년

몇년째 내 집 앞 거리에

몇년째 내 집 앞 거리에
발소리 울리더니, 내 벗들 떠나간다.
떠나는 벗들의 느린 발걸음
창밖의 저 어둠과 조응한다.

내 벗들의 일은 방치되어,
그들의 집에는 음악도 노래도 없고,
다만 예전처럼 드가의 소녀들만
하늘색 깃털을 매만지고 있다.

어쩌겠는가, 그래도 오늘밤만이라도
공포가 무방비의 그대들을 깨우지 않기를.
내 벗들이여, 배신을 향한 은밀한 열정이
그대들의 두 눈을 흐리게 하는구나.

오, 고독이여, 너의 성미는 어찌나 완고한지!
희미하게 빛나는 철제 컴퍼스로
무익한 신념 따위 외면한 채
너는 너무도 냉혹하게 원을 닫아버리는구나.

그렇게 나를 호명하여 상을 내려다오!
네가 아끼는 너의 총아인 나
너의 젖가슴에 기대어 마음 달래고,

너의 푸른 냉기로 세수한다.

너의 숲속에서 까치발로 서서
더딘 몸짓으로 간신히
나뭇잎을 찾아다가 얼굴에 갖다대고는
고아 신세를 축복처럼 느끼게 해다오.

너의 도서관의 정적을 나에게 하사해다오,
너의 음악회의 엄격한 악상들도.
그러면 지혜롭게도 나는 잊으리니,
죽은 이들이나 지금껏 살아 있는 이들을.

그리하여 나는 지혜와 슬픔을 경험하고,
사물들은 자신의 신비한 의미를 나에게 위탁하며,
자연은 내 어깨에 기대어
자신의 어린애 같은 비밀을 털어놓으리니.

바로 그때 눈물과 어둠으로부터,
지난날의 가련한 우매함으로부터
내 벗들의 아름다운 모습이
나타나서는 또다시 사라지겠지.

1959년

촛불

그저 촛불 하나만 있다면,
소박한 양초 한자루,
그러면 오래된 낡은 형식
기억 속에 생생해지리니.

그대의 펜이 서둘러
화려하고, 이지적이며,
난해한 원고 써내려가면,
어느덧 양심의 가책 느껴지리니.

이윽고 그대는 옛날식으로
자꾸만 친구들을 떠올리면서
다정다감한 눈빛으로
촛농의 종유석을 주시하리니.

그리하여 뿌시낀의 온화한 눈길 속에
밤이 지나고, 촛불도 꺼지고,
이토록 정결하게 입술을 식혀주는
모국어의 정감 어린 풍미.

1960년

침묵

그토록 강하고 현명했던 자 누구인가?
내 목에서 목소리를 앗아간 자 누구인가?
내 목울대의 검은 상처는
슬피 울지도 못한다.

삼월이여, 너의 소박한 행적은
사랑과 찬사를 받아 마땅하지만,
내 말들의 꾀꼬리들은 죽어버렸고,
이제 그들의 정원, 그것은 단지 사전일 뿐.

"오, 찬미해다오!"──폭설, 절벽, 관목이
입을 모아 간청한다.
나는 소리쳐보지만, 마치 입김처럼
입가에 동그랗게 퍼지는 침묵.

숨 가쁜 나, 죽을 듯하여, 거짓을 말한다.
내 말로써 표현할 수 없는
눈 덮인 나무들의 아름다움에 대하여
아직은 내가 빚진 것 없노라고.

영감이란 아주 깊게, 간단없이 들이쉬는
말없는 영혼의 순간적인 들숨,

내가 발설한 말 이외에
다른 날숨은 그 영혼 구원하지 못한다.

터질 듯한 맥박을 가라앉혀다오,
어떻게든, 불현듯!
내가 서둘러 찬미하는 모든 것 속에
영원히, 세세히 나 구현되리니.

그토록 침묵한 탓에
모든 단어의 이름을 사랑해온 나
문득 죽은 듯이 지쳤으니,
그대들이 나를 찬미해다오.

1966년

주문 呪文

나 때문에 울지 마요, 나 살아남을 테니
행복한 거지로, 착한 유형수로,
북방에서 추위에 꽁꽁 언 남방 여자로,
말라리아 퍼진 남쪽에서
폐병 걸려 사나운 뻬쩨르부르그 여자로 살아남을 테니.

나 때문에 울지 마요, 나 살아남을 테니
교회당 계단에 구걸하러 나온 절름발이 여자로,
식탁보에 고개 떨군 주정뱅이로,
서툴게 성모님 그리는
가난한 성상화가로 살아남을 테니.

나 때문에 울지 마요, 나 살아남을 테니
글을 깨우친 계집아이로,
알 수 없는 미래에
내 붉은 머리채 같은 내 시를
바보처럼 알아볼 계집아이로. 나 살아남을 테니.

나 때문에 울지 마요, 나 살아남을 테니.
간호사보다 더 자애롭게,
전쟁터에서 당차게 죽음을 무릅쓰며,
영롱하게 빛나는 나의 별 아래

어떻게든, 여하튼 나 살아남을 테니.

1968년

해설

아흐마둘리나는 1960년대 소련의 독자대중을 사로잡았던, '목소리 우렁찬' 연단 시인 중 한사람으로 분류되곤 한다. 그러나 그녀의 시는 청중 가득한 극장과 스타디움에 썩 잘 어울리는 편은 아니다. 아흐마둘리나는 동료 시인들과 마찬가지로 시대의 흐름에 민감했고 혁신적 스타일을 추구했지만, 그녀의 시세계는 옙뚜셴꼬의 시민적 파토스나 보즈네센스끼의 웅장한 스케일과는 상당한 거리가 있다. 그녀의 시는 기본적으로 내향적이고, 자기고백적이며, 명상적이다. 그러한 경향은 브로드스끼의 지적대로 레르몬또프(M. Lermontov)에서 빠스쩨르나끄로 이어지는 러시아 서정시의 전통과 맞닿아 있다. 그와 더불어서 아흐마둘리나의 시에서는 뿌시낀으로 대변되는 러시아 시의 고전적 향기가 물씬 풍긴다. 시어의 선별에 대단히 신중한 그녀는 지극히 산문적이고 일상적인 용어를 활용하는 현대적인 감각을 발휘하지만, 한편으로는 의고적인 표현을 의식적으로 구사하기도 한다. 요컨대 그녀의 시는 주제와 문체, 운율에 있어서 고전적인 러시아 시의 전통에서 크게 벗어나지 않는다.

주제 면에서 보자면 자연·예술·사랑·고독 등 러시아 시에서 전통적으로 다뤄진 것들을 그녀 역시 즐겨 노래했다. 이중에서 해빙과 함께 시의 주제 목록에 다시 오르게 된 사랑은 공격적이고 풍자적인 어조로 사회적 이슈들을 제기했던 해빙기의 남성 시인들도 숱하게 노래한 바 있다. 그러나 여성의 사랑을 여성의 목소리로 노래한 아흐마둘리나의 시는 동시대 남성들의 언어에 비해 훨씬 더 강력한 호소력을 발휘했다. 초기 시 「나에게 많은 시간을 내주지 마세요」는 사랑에 관한 아흐마둘리나의 시 중에서 특히 애송되는 작품이다. 여성 화자의 솔직담백한 자기고백으로 이루어진 이 시는 당대의 독자들에게 오래도록 금기시되었던 아흐마또바의 연시(戀詩)에 대한 향수를 즉각적으로 불러일으켰으리라 짐작된다. 단지 그러한 이유만으로도 이 시는 해빙기의 독자들에게 큰 사랑을 받을 만했던 것이다.

아흐마둘리나가 창작생애를 통틀어서 가장 많이 다루고 가장 큰 공을 들인 주제는 시창작에 관한 것이다. 그녀의 대표작들은 대부분 창작의 문제를 직간접적으로 언급하고 있다. 여기에 소개된 시들 중에서는 「촛불」「침묵」「주문(呪文)」이 '시쓰기' 혹은 '자신이 쓴 시'에 관한 진술을 포함한다. 그중에서도 「촛불」과 「침묵」의 시행들은 온전히 시창작에 관한 언술에 할애된다. 「촛불」의 경우 '양초'와 '뿌시낀'이라는 의고적 이미지를 통해서 러시아 시의 전통과 모국어의 가치를 환기시킨다. 「침묵」은 시인의 고유한 몫인 시쓰기의 내밀한 체험, 그 고통과 희열의 긴장된 과정을 '발설'이 아닌 '침묵'이라는 역설로 표현하고 있다.

「몇년째 내 집 앞 거리에」는 작가 소개에서 언급한 바와 같이 아흐마둘리나의 시 가운데 가장 유명한 것으로 '우정에 관한 시' 계열에 속한다. 시창작 다음으로 아흐마둘리나가 즐겨 다뤘던 주제인 우정은 "인간의 가장 강렬한 감정"이라고 시인 자신이 정의한 바 있다. 이 시는 문인들이 어느날 갑자기 비밀경찰에 의해 체포되어 끌려가곤 했던 쏘비에뜨의 비극적 세태를 묘사하고 있지만, 그것의 궁극적인 메시지는 벗을 잃고 홀로 남은 '시인-나'의 고독과 그 벗들에 대한 '나'의 기억이다. 동료들이 남기고 간 고독은 한편으로는 '시인-창조자'에게 주어지는 위대한 포상이다. 왜냐하면 오직 고독 속에서 시인은 자연 혹은 사물과 비밀스럽게 소통하기 때문이다. 함께 나눈 우정에 대한 기억 역시 시인에게 운명처럼 주어진 창작의 원천이다. 시인에게 그것을 떠올리는 것은 시를 쓰는 행위와 일치한다.

이오시프 알렉산드로비치 브로드스끼
(Iosif Aleksandrovich Brodskii, 1940~96)

이오시프 알렉산드로비치 브로드스끼는 1940년 5월 24일 레닌그라드의 유태계 집안에서 태어났다. 열여섯살 때 학교를 자퇴한 브로드스끼는 그후 약 5년동안 보일러공, 등대지기 등 십여가지의 직업을 전전하며 가족의 생활비를 벌었다. 일을 하면서도 손에서 책을 놓지 않았던 그는 수많은 시집과 철학서, 종교서를 독파하고 영어와 폴란드어를 독학으로 습득하였다. 1956년부터는 진지하게 시를 쓰면서 폴란드 시와 영미 시를 번역하기 시작하였다. 이 시기에 그는 영국 시인 존 던(John Donne)을 접하고 많은 영향을 받게 된다.

1960년 2월 14일 레닌그라드 문화궁전에서 브로드스끼는 처음으로 대중 앞에서 자작시를 낭송한다. 1961년에 안나 아흐마또바를 개인적으로 소개받은 그는 그녀로부터 찬사를 듣고 시재(詩才)를 인정받는다. 1962년 그는 화가 마리나 바스마노바(Marina Basmanova)와 만나 사랑에 빠진다. 1967년 그녀와의 사이에서 아들이 태어나지만 이듬해 두사람은 결별한다.

1960년대 초 브로드스끼는 공식 문단에 등록되지 않은 채, 싸미즈다뜨(samizdat, 지하출판)를 통해서 문명을 떨치고 있었다. 그의 독자적이고 고립된 행보는 머지않아 당국의 요시찰 대상이 된다. 해빙기가 막을 내리고 다시 결빙이 시작되던 시점인 1963년 11월 레닌그라드의 일간지에 '문학 주변의 기식자'라는 제목의 브로드스끼 비방 기사가 실린다. 이는 브로드스끼를 비롯한 일련의 문인들에게 가해지는 박해의 신호탄이었다. 1964년 그는 문인 통제의 본보기로서 '무위도식'과 '사회의 기생충' 혐의로 체포되어 5년의 강제노동형을 선고받는다.

브로드스끼의 재판은 소련의 인권상황에 대한 해외의 관심을 불러일으키게 되고 소련 내의 인권운동을 태동시키는 계기가 된다. 서방 언론을 통하여 그의 재판 속기록이 세상에 공개되고, 1965년에는 그의 시집 『단시와 장시들』(*Stikhotvoreniya i poemy*)이 뉴욕에서 출판된다. 형이 선고된 후 1년 반이 지났을 즈음 서방의 저명인사들이 펼친 구명활동과 국제사회 및 단체들의 압력으로 브로드스끼의 사면이 이루어진다. 석방된 후 그는 레닌그라드에서 전문번역가로서 일한다.

그러나 시인에 대한 탄압은 그렇게 종료되지 않는다. 1972년 6월 경찰에 불려간 브로드스끼는 정신병원행 혹은 감옥행이라는 협박을 받다가 결국 국외로 추방당한다. 미국을 망명지로 선택한 그는 미시간 대학 슬라브학과 초빙교수로 일하면서 러시아어와 영어로 시를 쓰고 기존의 시를 영어로 번역하기도 한다. 1981년부터는 뉴욕에 정착하여 컬럼비아 대학, 뉴욕 대학 등에서 러시아 문학을 강의한다.

망명 이후 『황야의 정거장』(*Ostanovka v pustyne*, 1970) 『아름다운 시절의 종말』(*Konets prekrasnoy epokhi*, 1977) 『연설의 일부』(*Chast' rechi*, 1977) 『로마의 비가』(*Rimskie elegii*, 1982) 등의 시집과 희곡 『대리석』(*Mramor*, 1984)이 서방에서 차례로 출간된다. 그사이 브로드스끼는 시인으로서 국제적인 명성을 쌓아간다. 1986년에는 영어로 된 산문집 『하나보다 적은』(*Less Than One*)이 출간되어 국제출판평론가상을 받게 되고, 1987년에는 노벨문학상을 수상한다.

1980년대 후반 개혁과 개방의 물결이 일자 소련에서 브로드스끼의 시와 산문들이 출판되기 시작하고, 1990년대에는 그의 저작집이 출간된다. 1995년에는 그에게 쌍뜨뻬쩨르부르그 명예시민 칭호가 수여되고 귀국 요청이 이어진다. 그러나 시인은 여러 이유로 고국 방문을 단념하였고, 그럼으로써 고국에 두고 온 아들을 만날 기회를 영영 포기하게 된다. 그러한 아버지로서의 심경이 말년의 시에 반영된다.

1991년에 외국인으로서는 최초로 미국의 계관시인이 된 그는 1996년 1월 28일 뉴욕에서 심장마비로 사망한다. 그의 유해는 뻬쩨르부르그와 닮았기에 그가 무척 사랑했던 도시 베네찌아에 묻힌다.

잘 가라, 잊어버리고 책망하지 마라

잘 가라,
잊어버리고
책망하지 마라.
건너올 다리를 불태우듯,
편지는 태워버려라.
그래, 그대의 길은
늠름하고,
곧고
소박하리니.
어둠속에서
그대를 위해
금실 같은 별빛이
빛나리니.
희망이
그대의 모닥불에
두 손을 녹이리니.
눈보라 몰아치고,
눈비 내리고
번갯불의 광포한 포효 울리리니,
그대의 앞날은 나보다 더 큰
성공을 거둘 것이며,
그대의 가슴에서 쿵쾅대는

전투는
강력하고 빼어나리니.

나는 행복하도다,
아마도 그대와 함께
길을 가게 될
그들로 인하여.

1957년

고독

그대의 지친 의식이
균형을 잃을 때,
이 충계의 계단들이
한낱 널빤지처럼
발밑에서 꺼져버릴 때,
그대의 한밤중의 고독이
인류를 멸시할 때,

그대는 영원에 대해 숙고하거나
이념, 가설,
예술작품 감상이
무구한 것인지 의심할 수 있다.
그리고 내친김에, 마돈나의 아들 예수 잉태가
순결한 것인지도.

하지만 그녀의 깊숙한 무덤들과 함께 주어진
현실에 경의를 표하는 게 좋으리.
그 무덤들은 나중에,
아주 오래되었으므로,
너무나 사랑스럽게
보이리니.
그래.
　　그녀의 짧은 길들과 함께 주어진

현실에 경의를 표하는 게 좋으리.
그 길들은 나중에
기이하게도
그대에게
넓어 보이고,
광활하고
먼지 날리며,
타협이 난무하는 것으로
보이고,
커다란 날개처럼 보이고,
커다란 새처럼 보이리니.

그래. 그녀의 초라한 기준들과 함께 주어진
현실에 경의를 표하는 게 좋으리.
그 기준들은 나중에 그대에게 지극한
(비록 그리 깨끗하지는 않더라도)
난간의 역할을 해주리니,
이 톱날 같은 층계 위에서
절뚝거리는 그대의 진리가
균형을 잡도록 지탱해주리니.

1959년

동사들

나를 에워싼 말없는 동사들,
타인의 머리를 닮은
동사들,
굶주린 동사들, 헐벗은 동사들,
우두머리 동사들, 귀머거리 동사들.

명사 없는 동사들. 그냥 동사들.
지하실에서 사는
동사들,
지하실에서 말하고, 지하실에서 태어난다네.
보편적 낙관주의 건물의
지하층에서.

매일 아침 그들은 일터로 가서,
모르타르를 휘젓고, 돌들을 끌어 나른다네.
그들은 도시를 건설하고 있지만, 실은 도시가 아니라,
자기네 고독의 기념비를 세우고 있는 것이라네.

그러다가 타인의 기억 속으로 사라지듯, 길을 떠나
단어에서 단어로 고른 발걸음 내디디며,
자신에게 주어진 세가지 시제처럼
동사들 어느날 골고다에 오른다네.

그들 위의 하늘은
공동묘지 위의 새 같은데,
누군가 잠긴 문 앞에
선 채로,
두들기며 못 박는 듯,
과거
현재
미래 시제에.

아무도 오지 않고, 아무도 풀어주지 않을 거라네.
망치의 두들김
영원한 리듬이 될 거라네.

은유의 하늘이 우리 위를 떠다니듯
지구라는 거대한 공[1]이 그들 밑에 누워 있다네!

1960년

---

1 '거대한 공'에 해당하는 러시아어(giperbol)는 브로드스끼가 지어낸 말로서, 영
  어 단어인 '하이퍼볼'(hyper-ball)의 러시아식 표기로 볼 수 있다. 한편 그것은
  '과장법'을 뜻하는 러시아어(giperbola)를 곧장 연상시키므로, 이 중의적인 신조
  어를 통해서 브로드스끼가 언어유희를 벌이고 있다고 봄직하다.

고향으로 돌아갈 거라고

고향으로 돌아갈 거라고. 그래, 좋네.
그런데 주위를 둘러보게, 누구에게 그대 아직 소용 있으며
이제 누가 그대의 친구 되겠나?
가거들랑, 저녁식사에 곁들일

스위트 와인을 아무거나 사다가,
창밖을 내다보며 잠시 생각해보게.
모든 것은 오로지 그대의 탓이니,
잘됐지 뭔가. 고맙고 다행이지.

책망할 자 없으니, 얼마나 좋은가,
그대 아무와도 인연 없으니, 얼마나 좋은가,
죽는 날까지 그대를 사랑해야 할 사람
이 세상에 아무도 없으니, 얼마나 좋은가,

어둠속에서 그대 손잡고 데려가줄 사람
그 누구도 결코 없으니, 얼마나 좋은가.
소란한 기차역 벗어나 혈혈단신으로
세상 속을 걸어가니, 얼마나 좋은가.

고향으로 가는 길 재촉하며
비범한 말로써 스스로를 통찰하고

영혼이 새로운 변화에 대해 찬찬히
헤아리고 있음을 문득 깨달으니, 얼마나 좋은가.

1961년

1971년 12월 24일

성탄절에는 모두가 조금은 동방박사.
식료품점에는 진창과 북새통.
커피향 벌꿀과자를 사기 위해
짐을 잔뜩 이고 진 사람들이
판매대를 짐꾸러미로 포위한다.
그들은 각자 자신의 왕이자 낙타.

장바구니, 손가방, 망태기, 곡물 포대,
방한모, 비뚜름한 넥타이,
보드까, 전나무 잎, 대구 냄새,
귤, 계피, 사과 향기.
얼굴들의 아수라장, 그리고 베들레헴으로
가는 길은 싸락눈 때문에 보이지 않는다.

소박한 선물 나르는 이들
전차에 뛰어오르고, 문으로 달려들더니,
건물들 사이로 사라진다.
동굴 속은 텅 비었음을,
짐승들도, 구유도, 금빛 광배 드리운
그녀도 거기 없음을 알면서도.

공허. 하지만 그녀 생각을 하던 중

갑자기 어디선지 모를 빛을 보리라.
헤롯 왕은 알았겠지, 그가 강할수록
기적은 더욱 확실한 필연임을.
그러한 혈통의 항구함이야말로
성탄절의 기본적인 메커니즘.

이제 집집마다 식탁들
죄다 옮기며, 그분의 강림을
기념한다. 별은 아직 필요치 않으나,
사람들의 선한 의지는
벌써 저 멀리서 나타나고,
목동들은 모닥불을 피워올린다.

이윽고 눈보라가 몰려오니, 지붕 위의 굴뚝은
연기를 뿜는 대신 나팔을 분다. 얼굴들은 죄다 얼룩 같은데.
헤롯 왕은 술을 마신다. 아낙들은 아기를 숨긴다.
누가 오고 있는지, 아무도 알 길이 없다.
우리는 그 조짐을 알지 못하며, 가슴은
문득 타관 사람을 못 알아볼지도 모른다.

그러나 문틈으로 부는 바람 타고
짙은 밤안개 사이로

두건 쓴 형상 나타날 때,
아기예수도, 성령의 존재도
부끄러움 없이 느끼게 될 것이다.
하늘을 올려다보면 별이 보일 것이다.

1972년

고독은 사물의 본질을 가르쳐준다²

고독은 사물의 본질을 가르쳐준다. 그들의 본질 또한
고독이니까. 등가죽은 안락의자의 등받이에게
시원한 촉감을 고마워한다. 저 멀리 팔걸이 위의
팔은 나무처럼 굳어져간다. 참나무의 윤기가
뼈마디를 덮는다. 뇌수는
얼음처럼 유리컵 가장자리에 부딪힌다.

무더위. 문 닫힌 당구장 계단에서 누군가가
성냥불을 켜서 중년 흑인의 제 얼굴을
어둠에서 뜯어낸다. 가로수 길로 나선
지방법원의 흰 치아 같은 주랑은
우연히 맞닥뜨린 헤드라이트가 불빛을 터트리길 고대하며
푹신한 나뭇잎 속에 잠긴다. 이윽고 만물 위에 깔린

어둠속에서, 벨사살³의 향연처럼, 붉게 타오르는
"코카콜라" 문자. 초목 우거진 휴양소 뜰에는

---

2 열두편의 시로 이루어진 연작시 「케이프코드의 자장가」(Kolybel'naya Treskovogo Mysa)의 세번째 시.
3 바빌론의 마지막 왕으로 그가 벌인 연회의 에피소드가 다니엘서 5장에 나온다. 벨사살이 연회를 열어 유태의 신전에서 약탈한 술잔으로 술을 마시자 허공에서 손가락이 나타나 벽에다 글을 쓴다. 그 자리에 있던 다니엘이 해석한 그 글의 뜻은 바빌론이 멸망하리라는 것이었다. 그 예언은 곧바로 실현되어 연회가 열린 날 밤 벨사살은 살해된다.

분수가 졸졸거린다. 간혹 무기력한 미풍은
나뭇가지에서 단순한 룰라드⁴마저 끌어내지 못하여,
담장의 쇠살에 낀 신문을 펄럭이며 투덜거린다.
그것은 물론, 낡은 침대의 등받이로

축조된 담장. 무더위. 총에 기대고 선
이름없는 연합군 병사는
더욱더 익명이 되어간다. 녹슨 트롤선은
양미간을 콘크리트 부두에 문지른다. 프로펠러는
윙윙거리며 금속 아가미로
미합중국의 무더운 공기를 잡아챈다.

머릿속의 숫자처럼, 백사장에 흔적 남기며,
대양은 어둠속에 첩첩이 쌓여, 수백만년 동안
죽은 잔물결로 나무 부스러기를 잠재우는 중. 만일
선창船艙에서 옆으로 단호하게 걸음을 떼면,
두 팔을 나란히 펴고 오래도록 추락하겠지. 하지만
그 뒤를 따라 물보라는 일지 않으리.

1975년

---

4 음악 용어로서 두 음 사이에서 떨리는 장식적인 연속음을 뜻한다.

나는 들짐승 대신 우리로 들어갔고

나는 들짐승 대신 우리로 들어갔고,
막사에 내 형기와 별명을 달군 못으로 지져 새겼으며,
바닷가에서 살았고, 룰렛 게임을 했으며,
연미복 차림의 어중이떠중이와 식사를 하였네.
나는 빙하 꼭대기에서 세계의 절반을 둘러보았고,
세번 물에 빠졌으며, 두차례 심한 자상을 입었네.
나를 길러준 조국을 나는 버렸네.
나를 잊은 자들을 모으면 도시 하나쯤 거뜬히 세울 듯.
나는 훈족의 통곡을 기억하고 있는 초원을 배회했고,
또다시 유행하게 된 옷을 차려입었으며,
호밀을 파종하고, 탈곡장 지붕을 펠트천으로 덮었으나
드라이 워터⁵만은 마시지 않았네.
나는 호송대의 검은 동공을 내 꿈속에 입장시켰고,
껍질조차 남김없이 추방의 빵을 먹었네.
나는 나의 성대聲帶로 노호 소리 빼고 뭐든 낼 수 있으니
이제 귀엣말로 하겠네. 내 나이 이제 마흔이라네.
삶에 대해 내가 무슨 말을 할 수 있겠나? 겪어보니 삶은 길더군.
나는 오직 고통하고만 연대감을 느끼네.
그래도 내 입이 흙으로 틀어막히기 전까지는

---

5 이산화규소로 코팅된 흰 분말 형태의 물. 1968년에 발명되었으며 화장품 제조 등
여러 화학적 공정에 쓰인다.

내 입에서 오직 감사의 말만 울려퍼질 거라네.

1980년

안나 아흐마또바 백주년을 기리며

종잇장과 등불, 알곡과 절구
도끼날과 잘려진 머리칼——
신은 그 모든 것을 보존하신다, 특히
이별과 사랑의 말들을, 마치 자신의 음성인 양.

그 속에서 뛰는 단속적인 맥박 소리, 뼈 바서지는 소리
삽으로 두드리는 소리, 균일하고 아득한데,
삶은 단 하나이므로, 필멸의 입에서 흘러나온 그 말들
천상의 구름 사이로 들려오는 말씀보다 더 낭랑하게 울린다.

위대한 영혼이여, 그대가 그 말들 찾았음에
바다 저편으로 경배를 올린다. 그대와 고향땅에 잠든
썩어가는 육신을 향해. 귀먹고 눈먼 우주 속에서
말의 재능을 발견한 그대에게 감사드리며.

1989년

자장가

내가 사막에 너를 낳은 건
　　괜한 일이 아니지.
왜냐하면 그곳에는 왕이라곤
　　하나 없으니.

거기서 너를 찾는 건 헛된 일.
　　거기서 겨울이면
한기가 그곳의 광활한 공간보다
　　더 거대하니.

어떤 아이들이 가진 건 장난감, 공,
　　높다란 집.
네가 가진 어린애 놀잇감은
　　천지에 모래뿐.

아들아, 운명에 그러하듯, 사막에
　　익숙해져라.
네가 어디에 있든, 이제부터 너는
　　거기서 살아야 한다.

나는 너를 젖 먹여 길렀다.
　　젖가슴은

황량함에 익숙해지도록 너의 시선 길들였고,
　　그 눈길로 충만했다.

저기 저 별, 아주아주 머나먼
　　저 별에서는
어쩌면 네 이마의 광휘가
　　더욱 또렷이 보일 것이다.

아들아, 발밑의 사막에
　　익숙해져라,
그것 말고는 다른 보루라곤
　　없으니.

거기서는 운명이 시야에 펼쳐진다.
　　저 먼 데 언덕을
너는 십자가로 인해 금방
　　알아볼 것이다.

아마도 거기에 사람의 길은 없을 것이다!
　　그곳은
광대하고 요요할 것이다. 영원한 세기가
　　거닐 수 있도록.

아들아, 사막에 익숙해져라.
　　손으로 바람 한줌
쥐듯이, 너는 단지 육신만이 아님을
　　느끼면서.

이 비밀을 품고 사는 데 익숙해져라.
　　그러한 느낌은
아마도 한없는 공허 속에서
　　쓸모 있으리라는 것을.

공허는 이 사막보다 더 나쁘지 않다.
　　단지 더 길 뿐.
그리고 너에 대한 사랑은 거기 있는 네 자리의
　　징표이다.

애야, 사막에도, 별에도
　　익숙해져라,
거기 도처에서 강렬한 빛 내뿜는
　　별처럼,

우리보다 더 오래 사막에 홀로 머문 자가

늦은 시각
떠오르는 아들 생각에
  호롱불 켜고 있으니.

1992년

해설

브로드스끼의 시는 20세기 초 러시아 모더니즘의 전통을 종합적으로 계승하고 있다고 평가된다. 그중에서도 특히 시어의 균형과 명료함을 중시했던 아끄메이즘의 시학이 그에 대한 비평에서 자주 언급된다. 그러나 브로드스끼의 창작은 블로끄, 마야꼽스끼, 아흐마또바, 만젤시땀이 대표하는 '은세기'(Silver Age)⁶ 시문학과는 다소 동떨어진 지점에서 시작된다. 그는 18세기 러시아의 고전주의 시, 특히 예브게니 바라뜬스끼(Evgenii Baratynskii)의 철학적인 시들을 읽고서 시인이 되기로 마음먹었으며, 곧이어 17세기 영국의 형이상학자 존 던의 시를 접하고 커다란 감화를 받는다. 그에게 창작의 동기를 부여했던 고전적이고 철학적인 전통은 이후 그의 창작의 일관된 흐름으로 자리잡게 된다.

브로드스끼 시의 지배소는 명상적 어조와 철학적 사유이다. 존재와 세계에 대한 관조와 통찰이 정서적 층위를 압도하는 경향은 그의 창작 초기부터 뚜렷하게 나타난다. 후기로 갈수록 감상성은 그의 시에서 철저히 배제된다. 대체로 브로드스끼의 서정적 주체는 자기 자신의 감정을 노출하는 데 인색하며, 자신의 감정에 대해 중립적이거나 아이러니로 대한다.

그럼에도 불구하고 브로드스끼의 초기 시들은 비교적 낭만적이고 낙관적인 면을 보인다. 초기 시에 속하는 「잘 가라, 잊어버리고 책망하지 마라」「고독」「동사들」「고향으로 돌아갈 거라고」에는 공히 '길'의 형상이 등장하는데, 그것은 다분히 낭만적인 의미를 내포하고 있다. 가령 「잘 가라, 잊어버리고 책망하지 마라」에서 묘사되는 '늠름하고 곧고 소박한 길'은 19세기의 시 텍스트에 자주 등장하는, 낭만적 이상향으로 향하는 운명적인 길이라고 봐도 무방할 것이다. 이때 서정적 자아는 '몰아치는 눈보라'와 '번갯불의 광포한 포효'를 뚫고 길을 가는 자유롭고 고독한 인간이자 '투사'가 된다. 그런데 그러한

---

6 1890년대부터 1920년대 초까지 이어졌던 러시아 문학과 예술의 혁신적이고 역동적인 흐름을 총칭하는 용어로서 19세기의 문예부흥기(뿌시낀의 시대)를 지칭하는 '금세기'와 쌍을 이룬다.

서정적 자아가 스스로를 2인칭으로 대상화하고 있음에 주목할 필요가 있다. 이는 시인이 자기 자신에 대해 거리를 두는 방식이다. 그러한 서정적 거리두기는 언급된 네편의 시에서 일관되게 적용된다. 거기서 낭만적인 체험(순례·방랑·귀향)의 주체인 '나'는 서정적 발화, 즉 자기고백의 권리를 박탈당한 채 '너' 혹은 '그'로 객관화된다.

서정적 자아가 후경으로 물러나는 시적 공간 속에서 종종 그를 대신하는 것은 언어와 사물이다. 「동사들」은 언어를 테마로 삼은 브로드스끼의 일련의 시들 가운데 원조에 해당한다. 여기서 의인화된 동사들은 쏘비에뜨 시민의 분신이다. '말없는' '명사 없는'(즉 주어가 없는) 동사들은 개성과 내면을 상실한 쏘비에뜨인의 비극적 면모를 상징한다. 동사들은 한편으로 '수난자–예언자'의 운명을 피할 수 없는 낭만주의적 시인 상(像)을 구현하기도 한다.

사물의 형상은 망명 이후의 시에서 눈에 띄게 부상한다. 그것은 일체의 낭만적 초월의 가능성과 모든 이상주의적 낙관론이 거세된 세계와 그 속에 내던져진 인간적 실존을 지시한다. 「고독은 사물의 본질을 가르쳐준다」에 등장하는 안락의자, 주랑, 네온사인, 프로펠러 등이 그러하다. 그것들은 대양이 "수백만년 동안 죽은 잔물결로 나무 부스러기를 잠재우는" 항구한 사멸의 시간을 아무 저항 없이 견딘다. 그런 점에서 사물들은 무로 향하는 시간을 견디는 인간의 모습과 닮아 있다.

초월적 이상주의가 완벽하게 거세된 세계에서 시인의 의식이 도달하는 종착점은 결국 필멸의 인간이 짊어질 수밖에 없는 고독이다. 이 주제를 형상화한 작품 가운데 인상적인 것은 「자장가」이다. 「1971년 12월 24일」과 함께 '성탄절 연작시'[7]에 속하는 이 시에서 성탄절에 내포된 종교적 의미 즉 기적과 구원, 갱생의 희망은 철저하게 배제된다. 여기서 그리스도는 '사막' 같은 실존을 죽을 때까지 견뎌야 하는 필멸의 인간일 뿐이다. 그 비극적 운명을 시인은

---

7 브로드스끼는 1961년부터 1995년까지 몇년의 휴지기를 제외하고 해마다 성탄절 전후로 시를 썼다. 그러한 성탄절 연작시는 모두 20여편에 달한다.

담담하게 받아들인다. 다른 한편 「자장가」는 일체의 유토피아적 전망을 상실한 시대를 살아가는 '사람의 아들들'에게 바치는 위무와 애도의 노래라고도 볼 수 있다.

옮긴이의 말

이 시선집에 실린 시들은 오늘날 고전으로 자리매김되는 러시아 현대시의 대표작들로서 시기상으로는 1890년대부터 1990년대까지 한 세기를 포괄한다. 먼저 밝혀두지만, 쏘비에뜨 시절에 창작된 사회주의 리얼리즘 계열의 시들은 이 책에서 배제되었다. 여기수록된 시들은 넓은 의미에서 모더니즘 계열에 속하며, 쏘비에뜨적 기준으로 보자면 대부분이 비공식 문학으로 분류된다. 사회주의 리얼리즘 혹은 쏘비에뜨 공식문학 계열의 시들이 번역대상에서배제된 것은 순전히 역자의 판단과 기호에 의한 것이며, 솔직히 고백하건대 그러한 선별은 쏘비에뜨 공식문학에 대한 역자의 편견과 무지를 어느정도 반영한다. 그럼에도 불구하고 본인의 선택이 주관적이고 편향된 것만은 아니라고 믿는다. 쏘비에뜨 공식문학에 속하는 작품들 가운데서도 러시아 시사에 길이 남을 걸작들이 존재한다. 미하일 이사꼽스끼(Mikhail Isakovskii, 1900~73), 알렉산드르 뜨바르돕스끼(Aleksandr Tvardovskii, 1910~71)의 시들이 그 대표적인 예이다. 그러나 작품 선정의 원칙이었던 서정시 혹은 단시(短詩)만을 고려할 때 언급된 시인들의 작품은 역자의 소견으로는 여기에 실린 시들에 비해 그 미학적 성취에 있어 아쉬운 면들이 많다. 보다 근본적인 문제는 소련의 해체 이후 쏘비에뜨 러시아의 공식문학, 그중에서도 시문학에 대한 재평가가 국내뿐만 아니라 해외에서도, 심지어 러시아 본국에서도 아직 제대로 이루어지지 못하고 있는 실정이라는 것이다. 요컨대 쏘비에뜨 러시아문학의 현대적 재조명을 통해서만이 러시아 현대시의 고전을 선별하는 보다 보편적이고 온당한 기준이 마련될 수 있을 것으로 본다.

러시아 현대시의 역사는 1890년대부터 1920년대 초까지, 이른바 '은세기'에 전개되었던 모더니즘 시운동으로부터 본격적으로 개시된다. 상징주의에서 아끄메이즘, 미래주의, 이미지즘과 같은 유파들의 정력적인 활동을 통하여 러시아 시는 19세기 말에서 1920년대 초까지 전대미문의 르네상스를 구가한다. 러시아 모더니즘의 선두주자인 상징주의자들은 당대 지성과 문학을 지배했던 유물철학과 과학적 실증주의, 자연주의와 사실주의에 강하게 반발하면서 '새로운 시'의 태동을 예고하고 촉구하였다. 인간의 감각과 정신을 가시적이고 경험적인 물질세계에 가둬버리는 기존의 문학과는 달리 상상력과 개성의 자유를 극대화함으로써 '또다른' 고차원적 세계에 대한 경험을 가능케 하는 새로운 예술이 절대적으로 요구된다는 것이 그들의 입장이었다. 그러한 새로운 예술의 구체적인 실현방법으로서 그들은 개인주의적 주관주의와 유미주의, 악마주의를 표방하는 데까당적 노선을 취하였다. 그러한 데까당 그룹에 뒤이어서 "아름다움이 세계를 구원하리라"라는 명제를 모토로 삼은 후대의 상징주의자들이 등장하였다. 그들은 '영원한 여성성'이 지상에 강림함으로써 세계가 전변할 것이라는 신비주의적이고 종말론적인 세계 비전을 시 속에 구현하였다.

시 형식의 측면에서 상징주의자들은 시를 구성하는 모든 요소들의 균형과 조화, 시어의 명료함을 중시하는 뿌시낀적인 전통에서 과감하게 벗어난다. 그들은 비가시적인 초월적 세계를 암시하는 심오한 상징들을 개발하는 데 주력하였으며, 이때 관건이 되는 것은 시어를 일상적이고 지시대상적 의미의 틀에서 해방하는 것이었다. 그러한 과제를 그들은 시어의 음성적 측면을 활성화하고, 가장 추상적인 예술인 음악에 가깝도록 시 텍스트를 조직함으로써 해결하고자 했다. 이와 같은 상징주의자들의 혁신적인 시도에 의해서 러시아 시 형식의 새로운 지평이 열리게 된다.

1910년대 초에 상징주의에 반발하는 일군의 시인들이 '시인조합'이라는 그룹을 결성하면서 문단에 새로운 바람을 일으켰다. 그들은 곧 아끄메이즘이라는 유파를 형성하여 상징주의에 의해서 훼손된 러시아 시의 전통을 회복하고자 하였다. 시어의 음성적·음악적 측면이 지나치게 부각됨으로써 시어에 덧씌워진 신비주의적인 '거품'을 제거하고, 기의(의미)와 기표(소리)가 조화롭게 어우러지는 언어(시)의 전통적인 모습을 복원하자는 게 그들의 주장이었다. 그러한 아끄메이스뜨들에게 가장 뛰어난 시의 전범은 조화롭고 명료하며 단순소박한 시어를 구사한 뿌시낀이었다. 또한 그들에게 이상적인 예술은 추상적이고 모호한 음악이 아니라 견고하고 균형

잡힌 건축이었다.

그러나 이와 같은 아끄메이즘과 상징주의의 대립을 절대적인 것으로 간주해서는 안된다. 이는 후술할 미래주의도 마찬가지이다. 아끄메이즘과 상징주의는 상호 간에 내밀한 영향을 주고받았으며, 전자는 후자의 막대한 영향력 속에서 성장하였다. 특히 만젤시땀을 위시한 아끄메이스뜨들의 가장 큰 특징 중 하나인 러시아와 세계의 과거, 즉 문화적 전통에 대한 각별한 의식을 고려한다면, 상징주의에 대한 아끄메이즘의 부정적 태도는 보다 유연하게 이해되어야 할 것이다.

은세기를 주도했던 또다른 유파는 아끄메이즘과 비슷한 시기에 출현한 미래주의이다. 전통과 단호하게 선을 긋고 극단적인 형식 실험을 감행했던 미래주의는 단지 모더니즘의 일 유파로서만이 아니라 러시아 시의 아방가르드로 규정된다. 미래주의의 내부에는 각자 나름의 방향을 추구하는 세가지 스펙트럼이 존재했는데, '자아 미래주의' '입체파 미래주의' '원심분리기' 그룹이 그것이다. 그중에서 이 시선집에 소개된 입체파 미래주의는 예술적 인습에 대한 부정, 전통과의 단절에 있어서 나머지 두 그룹보다 더 일관되고 철저했다. 그들은 시어를 일상적인 의사소통적 기능에서 해방시키고자 했던 상징주의의 시도가 불철저했음을 비판하면서 자기 자신 이외의 그 어떤 대상도 지시하지 않는 자기충족적 언어를 창조하고자 했다. 그리하여 급기야 자연어의 기능을 완전히 탈피한 '초이성어'를 고안하기도 했다. 삐까소와 프랑스의 입체파 회화에서 시적 영감을 얻었으며, 대부분 화가이기도 했던 입체파 미래주의자들은 일점원근법의 해체와 대상의 분해 및 전위(轉位)라는 입체파 회화의 기법을 시에 적용하여 파격적이고 실험적인 시 텍스트를 창조해냈다. 그들은 또한 시와 비시(非詩)의 경계를 파괴하는 반미학주의의 전략을 실현하기 위하여 저급하고 추한 세태적 요소들을 가공하지 않은 채 과감하게 텍스트에 도입했다.

언급된 세 유파 외에도 '이미지즘', '서정시' 그룹, '농민시' 그룹 등 여러 지류들이 참여했던 경이로운 시의 축연(祝宴)은 쏘비에뜨 체제가 안착되기 시작하는 1921~22년에 그 막을 내리게 된다. 사회주의 리얼리즘이 예술창작의 유일한 방법론으로 공식화되고, 예술가들에게 전대미문의 테러가 가해지던 스딸린 치하에서 은세기 러시아 시의 위대한 전통은 역사의 지표면 밑에 생매장되고 만다. 다만 조국을 떠나 해외에서 문학적 삶을 어렵사리 이어갔던 망명 시인들에 의해서 그 명맥이 어느정도 유지된다.

1950년대 중반에 마침내 정치적 '해빙'의 물결이 일자 모더니즘의 전통은 다시 소생한다. 이 시선집에 소개된 옙뚜셴꼬, 보즈네센스끼, 아흐마둘리나, 브로드스끼와 같은 해빙기의 시인들은 모두 은세기 모더니즘의 후예들로 평가된다. 언급된 시인들을 위시한 전후세대가 문화의 전분야를 주도했던 1960년대에 러시아 시는 뿌시낀의 시대와 은세기 다음으로 부흥기를 맞이하게 된다. 수도 모스끄바를 비롯한 주요 도시들에서 수많은 청중과 시인들이 모인 가운데 밤마다 시 낭송회가 열리고, 시의 가치와 향방에 대한 논쟁들이 잡지를 비롯한 각종 매체를 통해서 지속적으로 전개되며, 현대성에 대한 보다 폭넓은 사유가 시를 통해서 표출되고 또한 요청된다. 그러한 과정 속에서 시의 최종적인 목적은 시 자체라는 명제가 시인들과 독자대중의 의식 속에 되살아나게 된다. 이와 같은 시의 부흥이 가능했던 요인 중 하나로 해빙기까지 기적같이 살아남았던 아흐마또바와 빠스쩨르나끄라는 두 거장의 존재를 지목하지 않을 수 없다. 그들은 1950~70년대에 쏘비에뜨의 젊은 시인들에게 살아 움직이는 예술의 사표였으며, 해빙기 이후에도 여전히 폭압적이었던 쏘비에뜨 체제에 저항하면서 시혼을 지켜나갈 수 있게끔 지지해준 버팀목이었다.

지금까지 개괄한 바와 같이 러시아 현대시는 은세기의 풍요로운 토양 위에서, 그 시대의 경험을 원동력 삼아 발전해왔다. 사실상 러시아 현대시사의 밑그림은 은세기에 이미 다 그려졌다 해도 과언이 아니다. 비단 시 형식과 시어의 경이롭고 다채로운 혁신뿐만 아니라, 모국어, 나아가 언어 전반에 대한 지극한 사랑, 그리고 언어로 이루어진 인문적 유산에 대한 각별한 기억이 은세기의 전통을 잇는 러시아 현대시의 가장 큰 특징으로 지적될 수 있다. 러시아 현대시의 해독이 유난히 어려운 까닭은 대체로 시 텍스트가 그러한 인문적 유산들에 대한 인용과 기억 들로 가득하기 때문이다. 러시아 현대시가 인류가 남긴 인문적 유산을 그토록 천착했던 이유는 인간존재의 의미, 개성의 가치와 존엄성이 바로 그것에 의해서 가장 진실하고 온전하게 구현되기 때문일 것이다. 아울러 러시아 현대시 자체가 인간과 개성의 존엄함에 대한 생생하고 뚜렷한 증거라고 할 수 있다.

여기서 한가지 덧붙이고 싶은 것은 러시아 현대시의 빛나는 면뿐만 아니라 그늘진 구석 역시 은세기로부터 산출된 결과일 수 있다는 점이다. 그러한 맥락에서 지적되어야 할 점은 러시아 현대시의 이데올로기적인 측면이다. 입체파 미래주의가 혁명 이후 '공산주의 미래주의'로 변신하여 생산문학과 사실문학의 기치를 올리는 과정은 러시아 모더니즘과 아방가르드의 강한 이데올로기적 성향이 드러나는 대표적인 사례이다. 단지 정치적인 차원에서뿐만 아니라 종교적이고 미학적인 차원에서도 러시아 현대시의 이데올로기적 성향을 논할 수 있다. 가령 상징주의의 유토피아적인 세계 변혁의 프로그램은 메시아주의와 세계종말론의 변종이라고 볼 수 있다.

예술적 인습과 금기를 위반함으로써 혁신을 추구했던 러시아 모더니즘은 시어와 일상어의 경계와, 예술장르 간의 간극을 뛰어넘는 실험을 감행하였고, 마침내는 예술과 비예술의 경계마저 뛰어넘으려 하였다. 본래 모더니즘은 예술의 목적이 예술 바깥에 있지 않으며, 예술 자체가 목적이 되어야 한다는 강한 자의식에 기반하고 있다. 그러나 예술의 목적이 예술 자신이 되어야 한다는 명제는 자칫하면 세상에 존재하는 모든 중요한 가치들이 모두 예술 안에 있으며, 그것들은 오직 예술적 방법을 통해서만 실현될 수 있다는 명제로 대체될 수 있다. 이와 같은 판단은 예술이 아닌 모든 것—정치, 종교, 사회적 삶—을 예술에 종속시키고, 현실을 예술의 논리대로 재단하려 드는 작위적이고 관념적인 시도들을 종종 초래한다. 그러한 시도들 속에서 삶의 리얼리티는 예술적 리얼리티와 마찬가지로 하나의 가상적 세계로 간주된다. 아니, 오히려 예술적 리얼리티가 삶보다 더 참된 실제로 인식된다. 삶은 미적 상상력과 예술적 테크닉을 통해서 (예술처럼) '참된 것'으로 변형 가능한 대상으로 취급되는 것이다. 미적 상상력을 통해 현실을 '지금' '당장' 변모시키려 했던 러시아 모더니스트들의 무의식 속에는 광포한 속도로 그들을 밀어붙였던 시대의 조증(躁症), 강박적이고 맹목적인 혁신의 이데올로기가 꿈틀거리고 있었음은 두말할 나위가 없다. 초이성어를 창조함으로써 세계 통합을 이루고자 했던 흘레브니꼬프나, 예술혁명이 사회혁명을 주도해야 한다고 믿었던 마야꼽스끼의 경우는, 상징주의의 사례와는 또다르게, 이데올로기에 경도되거나 압도된 시의 자가당착을 제대로 목도할 수 있는 대목이다. 러시아 현대시의 흐름 속에 뚜렷하게 각인되어 있는 이와 같은 이데올로기에의 정향성과 삶과 예술에 대한 유토피아적 관념은 오늘날 여러 각도에서 재평가될 필요가 있다고 본다.

끝으로 이 러시아 현대대표시선이 안고 있는 오역과 오류에 대하여 독자 여러분께 미리 사죄와 양해를 구하고자 한다. 게으른 러시아문학자의 불성실과 능력의 한계를 고스란히 담고 있음에도 불구하고, 이 책을 통하여 러시아 시와 시인들에 대한 역자의 애정과 경외심이 조금이나마 독자들에게 전달되기를 소망한다. 혹시라도 이 책에 뭔가 좋은 점이 있다면, 그것은 무엇보다도 나의 지도교수이신 고려대학교 석영중 교수님의 가르침 덕택이다. 문학공부와 인생살이의 본보기가 되어주신 스승님께 이 지면을 빌려 한없는 존경을 표한다. 아울러 이 시선집을 펴낼 기회를 준 창비와 꼼꼼하게 교정을 봐주시고 예리한 지적을 해주신 김성은 선생님께 깊은 감사의 마음을 전한다.

2014년 5월
이명현(안양대 인문과학연구소 연구교수)

수록작품 출전

Ахмадулина Б. А. Полное собрание сочинений в одном томе, М.:
Альфа-Книга 2012.

Ахмадулина Б. А. Свеча, М.: Советская Россия 1977.

*Ахматова А. А. "Узнают голос мой...": Стихотвореня, Поэмы, Проза,
Образ поэта*, 2-е изд, М.: Педагогика-Пресс 1995.

Бальмонт К. Д. Избранное: Стихотворения, Перевод, Статьи, М.:
Художественная литература 1980.

Блок А. А. Полное собрание сочинений и писем в 20 тт. Т. 1-5, М.:
Наука 1997.

Бродский И. А. Избранное, М.: КоЛибри, Азбука-Аттикус 2012.

Бродский И. А. Сочинения Иосифа Бродского, Т. 1-7, СПб.: Пушкинский фонд 2000~2001.

Брюсов В. Я. Сочнения в 2 тт, М.: Художественная литература 1987.

Вознесенский А. А. Стихотворения, М.: Молодая гвардия 1991.

Евтушенко Е. А. Стихотворения и поэмы, М.: ПРОФИЗДАТ 2003.

Есенин С. Сочнения в 2 тт, М.: Художественная литература 1955.

Мандельштам О. Э. Собрание сочнений в 4 тт, М.: "ТЕРРА"-"TERRA" 1991.

Маяковский В. В. Собрание сочнений в 12 тт, М.: Правда 1978.

Пастернак Б. Л. Собрание сочнений в 5 тт, М.: Художественная литература 1989.

Русская поэзия XX века: Антология, М.: ОЛМА-Пресс 1999.

Русская поэзия XX века: Антология русской лирики первой четверти века, М.: АМИРУС 1991.

Русская поэзия конца XIX - начала XX века, М.: Изд. Московского университета 1979.

Серебряный век русской поэзии, М.: ИМА-Кросс 1994.

Цветаева М. Собрание сочнений в 7 тт, М.: Эллис Лак 1994.

보즈네센스끼 공식 싸이트

http://www.andreyvoznesensky.ru/index.html

옙뚜셴꼬 공식 싸이트

http://www.evtushenko.net/

아흐마둘리나 공식 싸이트

http://www.ahmadylina.ru/nagradi/page60/index.html

흘레브니꼬프 싸이트

http://www.hlebnikov.ru/biography/index.htm

러시아 문학 싸이트

http://lib.ru/POEZIQ/

원저작물 계약상황

"나는 창가의 빛줄기를 향해 기도해요Молюсь оконному лучу" "나들이 Прогулка" "같은 잔으로 우리 마시지 않으리Не будем пить из одного стакана" "여기 우리는 모두 난봉꾼, 매춘부Все мы бражники здесь, блудницы" "그대는 지금 답답하고 울적하죠А ты теперь тяжелый и унылый" "나에게 목소리 들렸네Мне голос был" "마지막 건배Последний тост" "보로 네시Воронеж" "용기Мужество" "세편의 시Три стихотворения"
© Anna Akhmatova

"프롤로그Пролог(Я разыный...)" "볼가Волга" "바비야르Бабий Яр" "스딸 린의 후계자들Наследники Сталина" "러시아에서 시인은Поэт в России −

больше, чем поэт”“흰 눈이 내리네Идут белые снеги”

“고야Гойя”“반(反)세계Антимиры”“정적을 원한다!Тишины!”“전례 없이
고통스러운 시절В дни неслыханно болевые”“숨이 멎을 듯Замерли”“현재
에 대한 향수Ностальгия по настоящему”

© Andrei Voznesenskii

“나에게 많은 시간을 내주지 마세요Не уделяй мне много времени”“몇년째
내 집 앞 거리에По улице моей который год”“촛불Свеча”“침묵Немота”“주
문(呪文)Заклинание”

© Bella Akhmadulina

“잘 가라, 잊어버리고 책망하지 마라Прощай, позабудь и не обессудь”“고
독Одиночество”“동사들Глаголы”“고향으로 돌아갈 거라고Воротишься на
родину. Ну что ж”“1971년 12월 24일24 декабря 1971 года”“고독은 사물의
본질을 가르쳐준다Одиночество учит сути вещей”“나는 들짐승 대신 우리로
들어갔고Я входил вместо дикого зверя в клетку”“안나 아흐마또바 백주년을
기리며На столетие Анны Ахматовой”“자장가Колыбельная”

© Iosif Brodskii

Every reasonable effort has been made to contact the copyright holders of
works reproduced in this book. But if there are any errors or omissions,
Changbi will be pleased to discuss the best way to use the works with the
copyright holders.

302

원저작권자와 연락하기 위한 모든 노력에도 불구하고 일부 작품은 한국어 번역 판권을 확보하지 못한 상태로 번역 출간되었습니다. 저작권자가 확인될 시 창비는 원저작권자와 최선을 다해 협의할 것입니다.

고전의 새로운 기준, 창비세계문학

오늘날 우리는 인간의 존엄과 개성이 매몰되어가는 시대를 살고 있다. 물질만능과 승자독식을 강요하는 자본주의가 전지구적으로 확산되면서 현대사회는 더 황폐해지고 삶의 질은 크게 훼손되었다. 경제성장만이 최고의 선으로 인정되고 상업주의에 물든 문화소비가 삶을 지배할수록 문학은 점점 더 변방으로 밀려나고 있다. 삶의 본질을 성찰하는 문학의 자리가 위축되는 세계에서는 가진 자와 못 가진 자 할 것 없이 모두가 불행할 수밖에 없다.

이 시대야말로 인간답게 산다는 것의 의미가 무엇인지 근본적인 화두를 다시 던지고 사유의 모험을 떠나야 할 때다. 우리는 그 여정에 반드시 필요한 벗과 스승이 다름 아닌 세계문학의 고전이라는 점을 강조한다. 고전에는 다양한 전통과 문화를 쌓아올린 공동체의 경험이 녹아들어 있고, 세계와 존재에 대한 탁월한 개인들의 치열한 탐색이 기록되어 있으며, 새로운 세상을 꿈꾸는 아름다운 도전과 눈물이 아로새겨 있기 때문이다. 이 무궁무진한 상상력의 보고이자 살아 있는 문화유산을 되새길 때만 개인의 일상에서 참다운 인간적 가치를 실현하고 근대적 삶의 의미와 한계를 성찰하는 지혜를 얻을 수 있을 것이다.

'창비세계문학'은 이러한 문제의식에서 출발한다. 세계문학의 참의미를 되새겨 '지금 여기'의 관점으로 우리의 정전을 재구성해야 할 필요성이 그 어느 때보다 절실하다. '정전'이란 본디 고정된 목록으로 존재하는 것이 아니라 그때그때 주어진 처소에서 새롭게 재구성됨으로써 생명을 이어가는 것이다. 우리는 먼저 전세계 문학들의 다양성과 차이를 존중하면서 국가와 민족, 언어의 경계를 넘어 보편적 가치에 기여할 수 있는 가능성에 주목하고자 한다. 근대를 깊이 성찰한 서양문학뿐 아니라 아시아와 라틴아메리카, 중동과 아프리카 등 비서구권 문학의 성취를 발굴하고 재평가하는 것 역시 세계문학의 지형도를 다시 그리려는 창비의 필수적인 작업이 될 것이다.

여러 전집들이 나와 있는 세계문학 시장에서 '창비세계문학'은 세계문학 독서의 새로운 기준이 되고자 한다. 참신하고 폭넓으면서도 엄정한 기획, 원작의 의도와 문체를 살려내는 적확하고 충실한 번역, 그리고 완성도 높은 책의 품질이 그 기초이다. 독서시장을 왜곡하는 값싼 유행과 상업주의에 맞서 문학정신을 굳건히 세우며, 안팎의 조언과 비판에 귀 기울이고 독자들과 꾸준히 소통하면

서 진정 이 시대가 요구하는 세계문학이 무엇인지 되묻고 갱신해
나갈 것이다.

　1966년 계간『창작과비평』을 창간한 이래 한국문학을 풍성하게
하고 민족문학과 세계문학 담론을 주도해온 창비가 오직 좋은 책
으로 독자와 함께해왔듯, '창비세계문학' 역시 그러한 항심을 지켜
나갈 것이다. '창비세계문학'이 다른 시공간에서 우리와 닮은 삶을
만나게 해주고, 가보지 못한 길을 걷게 하며, 그 길 끝에서 새로운
길을 열어주기를 소망한다. 또한 무한경쟁에 내몰린 젊은이와 청
소년 들에게 삶의 소중함과 기쁨을 일깨워주기를 바란다. 목록을
쌓아갈수록 '창비세계문학'이 독자들의 사랑으로 무르익고 그 감
동이 세대를 넘나들며 이어진다면 더없는 보람이겠다.

2012년 가을
창비세계문학 기획위원회
김현균 서은혜 석영중 이욱연 임홍배 정혜용 한기욱

창비세계문학 35

삶은 시작도 끝도 없다
러시아 현대대표시선

초판 1쇄 발행 / 2014년 7월 30일

지은이 / 알렉산드르 블로끄 외
엮고 옮긴이 / 이명현
펴낸이 / 강일우
책임편집 / 권은경·김성은
펴낸곳 / (주)창비
등록 / 1986년 8월 5일 제85호
주소 / 413-120 경기도 파주시 회동길 184
전화 / 031-955-3333
팩시밀리 / 영업 031-955-3399 편집 031-955-3400
홈페이지 / www.changbi.com
전자우편 / lit@changbi.com